百匹の踊る猫

刑事課・亜坂誠　事件ファイル001

浅暮三文

集英社文庫

百匹の踊る猫

刑事課・亜坂誠　事件ファイル001

一

今夜のあなたはきれいに片づいた机に向かっている。針金のような細い体にビニール合羽《がっぱ》を羽織り、両手にはおろしたての白い手袋。顔の半分を覆っている大きな花粉症用のマスク。頭髪を包んでいるのはヘアキャップだ。

まるで化学実験にでも臨むかに思える恰好《かっこう》であなたが取り組んでいるのは、三通の封書。あなたは刷り上げておいた二枚の書状をワンセットにして折り畳むと封筒に入れていく。そして事務用のハサミを手にすると立ち上がり、机から離れる。

戻ってきたあなたの指先にはわずかな分量の毛髪がつままれていた。それをあなたは三等分した。机にあった台所用のラップフィルムにそれぞれを包み、封筒に入れ、セロハンテープで口を閉じる。

あなたの肩が上下した。緊張からかマスクの下で息を吐いている。あなたは机にあった切手シートをつまみあげ、三枚分を切り離し始めた。

そのとき、つまんでいた切手シートが、むずかるように揺れた。

あなたは振り向いた。わずかにベランダのガラス戸が開いている。そのせいで風が吹き込んでいた。切手シートを手に、あなたは立ち上がった。そしてベランダへ近づく。

七月二十日祝日、月曜日。夜の八時だというのにベランダの向こうは赤く、明るい。彼方《かなた》からは騒然とした気配と鈍い音が届く。あなたはかすかに漂う煙草《タバコ》の匂いに顔をしかめ、明るい夜空を見つめてつぶやいた。

「ファゴ」

火を意味するポルトガル語だ。あなたはガラス戸を閉めると机に戻っていく。改めて切手を切り離すと封筒に貼った。

仕上がった三通をビニール袋に入れたあなたは合羽を脱ぎ、マスクを外し、ヘアキャップをとった。最後に手袋を外すと封書の入ったビニール袋と一緒に鞄《かばん》に入れる。

鞄を手にして立ち上がったあなたは、再びベランダを振り返る。夜空は、まだ赤く明るい。あなたは小さくうなずくと部屋から出ていった。

鞄に入れた書状には百匹の踊る猫と綴《つづ》ってある。

あなたの目的は猫たちの無念を晴らすこと。

七月二十一日、火曜日、午前十一時。亜坂《あざか》誠《まこと》は電話を見つめていた。

国分寺《こくぶんじ》市の住宅街にある敷地が広い一軒家の居間。そこにいるのは家に住む夫妻と夫の父。そして警視庁捜査一課や署の先輩刑事らだ。

亜坂は視線を巡らした。壁際に大きな液晶テレビ。それが載るテレビ台にはちょっとしたものが飾られている。家族写真がいくつか。木製のクルミ割り人形は海外旅行の記念品だろうか。居間のごく日常的な様子に比べてソファや椅子に座る刑事らがあまりにも不釣り合いに思えた。

現在二十八歳の亜坂は、この家を含めた地域一帯を所轄するK署の刑事課に勤めている。階級は巡査だ。大学を卒業した年に警察官採用試験に合格。勤務三年目で署長推薦をもらい、刑事になる選抜試験に臨んだ。

選抜試験は年に一度で百数十人が受験し、半分以上が脱落する。自身はなんとかくぐり抜けて刑事になったものの、次は最大の難関が待ちかまえている。百倍を超える競争率の巡査部長試験だ。

警察官の人生は昇進を競う。試験をパスして巡査部長になれたとしても九つある警察官の階級としては下から二番目。ノンキャリアが望める一番の出世は、所轄の署長クラスである警視正だが、そこに登りつめるとして、まだ四階級のステップアップ、早くて三十年が必要だ。

——俺には無理だ。定年までの毎日を、次のポストへ向け、競争を続けるなんて。

先輩刑事らと電話が鳴るのを待ちながら、亜坂は胸中で嘆息した。電話は毛布が敷かれたテーブルの上にあった。周囲には、やり取りを録音し、関係部署へ無線で飛ばす自動録音機、捜査の最前線と被害者宅を結ぶ無線機などがセットされている。

機器の横にいるのは本庁捜査一課の特殊班。企業恐喝、立てこもりやハイジャックなどの事件を扱う部署だ。身代金誘拐も任務の対象となる。すでに別働隊の刑事は最寄りのNTT電話局に飛び込んだという。警視庁刑事部長名義の電話逆探知要請書を手にして。電話がかかってきたときに局員の端末操作で相手先を突き止めるためだ。

今、K署の講堂に設けられた捜査本部では本庁の捜査一課管理官を始め、K署の署長や刑事らが事件の進展を見守っているだろう。犯人捕捉班や、現場に急行して辺りの状況を報告するオートバイ部隊も待機しているはずだ。

もちろん必要な機材や用具を満載したワゴン車数台も出番を待っている。しかし電話は亜坂が詰めている昨夜から一度も鳴っていない。

——早く鳴ってくれ。ただじっと待っているのには、もう耐えられない。

徹夜の疲れからか亜坂の意識が散漫になってきた。脳裏に昨夜のことが浮かんだ。

K署にほど近い2LDKの自宅マンション。そのキッチンでオーブンが小さく鳴る。

二百度に達したのだ。

　亜坂は夕食をすませ、アップルパイを作っていた。挑戦するのは二度目。前回は生地の練り込みが足らず、口当たりがさくりとしなかった。

　今回はレシピ本を読み返して注意した。器となるパイ皿はすでにカラ焼きして冷ましてある。後は甘く煮たリンゴを並べ、パイ生地を網状にかぶせて卵黄を塗り、四十分焼けば出来上がりだ。

　亜坂がパイを焼いているのは小さなギャングを抱えているからだ。連休明けからの四日間は八時半から五時十五分までの勤務となる。休みの日のように可愛《かわい》いギャングをかまってやる余裕はない。その埋め合わせだった。アップルパイは相手の大好物なのだ。

　亜坂はキッチンのカウンター越しに視線を送った。

　リビングのソファで娘の理沙《りさ》が童話を読んでいる。数日前に買い与えた『エルマーのぼうけん』だ。エルマー少年が竜のいる島へ冒険し、そこで竜と友情を結ぶという内容だ。やや厚い本の帯には五歳からと書かれていたが、理沙は読書好きなだけに四歳でも難しくないらしい。

　ただし亜坂は理沙の遊びが読書に偏っていることが気にかかっている。本の世界だけに閉じこもって育ってほしくはなかった。

　理沙は人見知りが激しく、口数が極端に少ない。亜坂への返答も、ハイかイイエかに近い。自分の意見が通じないと癇癪《かんしゃく》を起こすこともある。だがそれらは生来の性格からだけではない。理由は分かっている。

ただ、その夜は様子が違った。理沙の視線が童話とキッチンを忙しくいったりきたりしている。

——器用なものだ。パイと童話の両方に熱中できるとは。

亜坂は微笑《ほほえ》ましかった。パイが焼けるまでの間に最後の難題、理沙を風呂に入れよう。つけっぱなしのテレビからニュースが聞こえてくる。九州が記録的な豪雨に見舞われ、大規模な土砂崩れがあったらしい。

この頃の気象は少しおかしい。東京は西の雨の影響か、少し風があったが晴天だった。だから亜坂は朝から昼まで理沙を公園に連れ出して遊ばせた。昼食にサンドイッチを作り、童話を読んで聞かせ、夕食にハンバーグとサラダを食べさせた。極めて平穏な夏の休日だった。しかし九州ではニュースのようにゲリラ豪雨なのだ。そういえばつい先日も、北関東が竜巻に襲われたはずだ。

「理沙姫、お風呂のお時間がまいりました」

パイをオーブンに入れると亜坂は告げた。理沙の視線が即座に童話に戻された。答はない。聞こえていない振りをしている。自分もそうだったが、子供というのは風呂に入るのが嫌いなものだ。

理沙もいずれは率先して風呂場で時間を過ごすようになるだろう。として、それはいつ頃からなのか。いつもながら娘とは男親にとって理解しがたい。亜坂は答のない理沙に、仕方なく奥の手を使うことにした。

「では理沙姫、どちらか選んでいただきますよ。お風呂に入るか、子供部屋の電気は消したままにするか」

亜坂の言葉に、理沙がソファから腰を上げた。理沙は暗い部屋で寝るのが嫌いなのだ。小さな口をへの字に曲げ、手にしていた本を閉じる。そして風呂場を指さした。亜坂はオーブンのタイマーを確認し、理沙と風呂場に向かった――。

唐突にテーブルの電話が鳴った。静寂を砕く無機的な音に亜坂は現実に戻された。待機していた刑事にうながされ、夫婦の内、妻の方が電話に手を伸ばした。亜坂が耳につけていたイヤホンから相手の声が流れた。

「佐々木《ささき》さんのお宅ですね」

「はい」

「こちらA新聞社会部です。そちらの娘さんを誘拐したとする犯行声明が書面で届きました。事実でしょうか」

亜坂同様にイヤホンに耳を澄ましていた小柄でやせぎすの男が電話を代わった。先輩刑事の一人、垣内《かきうち》登《のぼる》だった。

「所轄の刑事だ。今、なんていった？」

「こちらの社会部にめぐみちゃんを誘拐したとする犯人からの書状が届いたんだ。夕刊に間に合わせたいので裏を取りたいんだが」

「夕刊に載せる？　誘拐事件だぞ。報道協定があるだろう」

「今回は様子が違うんだ。犯人は事件を紙面で公開しろと要求しているんだ。本当に事件は起こっているのか？　もう捜査本部は設けられたか？　報道許可はおりるのか？」

電話に応対していた垣内はしばらく考えて答えた。

「どこでここの電話番号をしった？」

「書状に書いてあったよ」

垣内が舌打ちした。

「とにかくこの電話は犯人との連絡用に確保しておきたいんだ。署に報告しておく。改めてそっちに確かめてくれ」

「急いでくれよ。締め切りまで時間がないんだ」

電話を切りながら垣内は亜坂に視線を送ってきた。亜坂は意味を理解して自身の携帯電話を内ポケットから取り出した。しかし亜坂がかけるよりも先にそれが鳴った。

「亜坂か。事態が変わった。本件は広域重要指定事件になる」

かけてきたのはＫ署の刑事課の大友《おおとも》課長だった。

「署の特別捜査本部で新たな対策会議がある。詰めてる署員に戻って情報をまとめるように伝えろ。こちらは増員された本庁の刑事とともに、そっちに向かっているところだ。お前は連絡係として待機しろ。鑑識が着いたら少女の毛髪を受け取って至急、署に届けるんだ」

その間にも居間の電話は二度、鳴っていた。Y新聞とM新聞でいずれも同様の裏取りのためのものだった。

亜坂は課長の連絡を先輩らに伝えると慌ただしくなった現場を眺めた。ぼんやりとしか事態が把握できない。居間のクルミ割り人形が置いてけぼりをくらったようにやるせなげだ。

――今の俺もこいつみたいだろうか。

脳裏に思いが湧いた。昨日の休日は子供にとって天国だった。特に父親しかいない理沙にとっては。一緒に遊ぶだけ遊び、甘えるだけ甘え、夏の陽《ひ》を浴びて一日を過ごした理沙は、風呂から上がればすぐにうつらうつらして眠るのは分かっていた。そうなればシングルファーザーとしての仕事は終了だ。

しかし子供にとっての天国は、親にとっては平日よりも体力と神経の消耗を強いる。そして理沙が眠ったとしても亜坂は、わずかながら残された時間を余暇に充《あ》てることはできない。警察官を続ける限り、とどこおりがちな昇進試験の勉強に手をつけなければならないのだ。

亜坂は思い返した。昨日一日、やるべきことはできただろうか。父親としてだけでなく、母親としても。

公園に連れ出し、クローバーの四つ葉を探し、砂場で山を一緒に作った。ブランコに乗せてやると理沙はときおり小さく笑った。あれでよかったのだろうか。あれで理沙は満足したろうか。

《どうだろうな》

脳裏に黒い粒子が浮かんでいた。蚊柱のような集まりで不定形にたなびいている。そこから粒子の意識ともとれるものが伝わってくる。伝わる意識は声ではない。記号が集まり、言葉を形成しているみたいだ。しかし言葉には鈍い羽音のように強弱があり、原始的なハミングとも、遠い叫びにも思える。

こちらを嘲笑しているようなニュアンスに嫌悪感が湧いた。理沙のことを考えるとき、自身の現状をかえりみるとき、黒い粒は亜坂の脳裏に現れる。うっとうしい相手だ。図々《ずうずう》しく、あけすけだ。亜坂はつとめて粒子を脳裏から消し去ろうとした。

——いつ頃からだろう、こいつが現れるようになったのは。

亜坂は二年前に妻の美由紀《みゆき》と離婚している。以来、理沙と二人暮らしだ。自分なりにやれることはしているつもりだが、どうしても手薄になる部分がある。それは亜坂が刑事であることに起因していた。

幼い娘にはできるだけ寄り添ってやる時間が必要だ。しかし不規則な刑事の仕事ではそれがままならない。事件はこちらの都合に合わせて発生してくれないからだ。シングルファーザーであることを考えれば職業を替えるべきなのだ。

こうやって事件に向き合うとき、仕事で出かけることを理沙に説明するとき、どこか後ろめたい心理が働く。正しいことではないという思いが湧き、それが捜査に没頭することをはばんでいる。

ただ問題なのは、転職するにしても今より労働条件がよくなると保証されていないことだ。一般企業がシングルファーザーを喜んで受け入れるだろうか。今の状況は福祉を重視する公務員の立場だからこそ可能に思える。

そう考えれば、今すぐ警察官を辞めることは難しい。子育ての費用を考えると、少しでも出世して金銭的余裕が欲しい。刑事になるのに三年かかった。苦痛だが目処《めど》が付くまで、次のポストへ向けた競争を続けなければ。

「お父さん、あとでアップルパイ、いい？」

昨夜、髪を洗ってやっていると珍しく理沙が尋ねた。まるで明日から独りぼっちになることを予感したような言葉だった。思った通りに今日からは理沙と離ればなれだ。

いつまで自分の手で娘を風呂に入れてやれるだろう。昨日のような日がいつまでも続いてほしい。しかしそれは自身の努力だけでかなえることが不可能だ。刑事である以上、事件が起これば何日も理沙とすれ違いの日が続く。そして理沙は事件が解決するまで、独りぼっちで電気の点《つ》いた子供部屋で眠ることになるのだ。

「いいよ。でもしっかり歯磨きするんだよ、理沙姫」

亜坂の言葉に理沙は小さく歓声を上げた。かすかに童謡らしい歌を口ずさむ。甘えているのだと分かった。

昨夜、アップルパイを食べた理沙を寝かしつけたかと思うと携帯電話に緊急連絡が入り、亜坂はそのまま任務についた。今、理沙は保育園にいる。そして捜査はまだ始まったばかり。

先輩刑事らが被害者宅を後にしてすぐ、大友課長を始め、増員された捜査陣が到着した。亜坂は家族から聞いた少女の部屋に鑑識を案内し、毛髪の採取に立ち会った。

少女の部屋は二階の六畳間。亜坂は鑑識の作業を待ちながら部屋を見回した。裕福な家庭の娘にふさわしく、可愛らしくまとめられていた。窓際に学習机が据えられ、壁に絵が並んでいる。

画用紙に色鉛筆やクレヨンで描《か》かれた風景や花壇の花。両親の似顔絵。目をひいたのは一番端の子犬の絵だった。黒い毛で赤い首輪をし、長く垂れた耳が特徴的だ。子供が描いたにしては巧みな仕上がりだった。

「気になるのか」

不意に背後から声がした。振り返ると背広姿の男が立っていた。署の人間ではない。おそらく本庁の刑事だろうと亜坂は判断した。

五十代だろうか。がっしりとした四角い体躯《たいく》は柔道で鍛えたとおぼしかった。短髪で煮染めたような浅黒い顔をしている。男は背広のポケットからキャンディをひとつ取り出すと口に放り込んだ。

「上手《うま》いもんだな。ビーグル犬だと一目で分かる」

壁の絵を眺めていた男は視線を亜坂に戻した。

「連絡係か？」

亜坂は内ポケットから名刺を取り出すと相手に差し出した。

「K署の刑事課の巡査です」

続いて名乗ろうとする前に相手が尋ねた。

「濁るのか？」

亜坂は質問の意図がよく分からなかった。

「サカか？　ザカか？」

「アザカと濁ります」

相手は名刺を胸ポケットに入れた。

「本庁捜査一課の土橋《どばし》だ。階級は」

土橋はそこで言葉を止めて、にやついた。

「巡査部長だ」

亜坂は怪訝《けげん》に思った。相手はどう見ても五十代のベテラン刑事だ。しかも本庁の捜査一課。この歳《とし》で警視庁の花形部署に勤めているなら、もう少し階級が上でいい。しかし土橋は亜坂の疑問にお構いなしに続けた。

「この絵はめぐみちゃんが描いたのか」

そう推測されたが確かめてはいない。少女の部屋に入るのも初めてだし、絵が飾られていることもしらなかった。それにこちらの任務は補佐だったのだ。指示された作業を処理する以外は勝手な行動となる。警官の振る舞いは上からの指示が基本だ。新米刑事が独断の動きをすべきでないことはベテランなら分かるはずだ。亜坂は相手の意図を図りかねた。

「どうでしょうか。分かりませんけれど」

亜坂は言葉少なに答えた。事実、絵についてはしらないのだ。そもそも平《ひら》の刑事に捜査内容を尋ねてどうするつもりなのか。こちらはしょせん手足に過ぎないのだ。しかし土橋は意外な言葉を告げた。

「だったら確かめろ。気になるならメモしておくといい」

土橋は再び背広のポケットからなにかを取り出した。今度は手帳サイズに切って束ねた紙片だった。どうやら使用済みのコピー用紙の裏面らしい。土橋は子供のように頬をふくらませながら、そこになにかをメモしていく。

——今どき、裏紙を捜査メモに使うとは随分アナログだな。

亜坂や同年齢の捜査員は携帯にメモするのが習慣だ。

「喰《く》うか」

土橋はポケットからキャンディを取り出すと差し出した。亜坂は小さく首を振った。メモを終えた土橋は少女の部屋を出ていく。

「あったよ」

ベッドで作業していた本庁の鑑識の一人が亜坂に声をかけてきた。一言だけで後は黙っている。大柄な体軀で寡黙な様子は、どこか熊を彷彿《ほうふつ》させた。相手はピンセットでつまんだ毛髪をビニールパックに入れ、識別用のラベルを貼り、亜坂に手渡してきた。

亜坂は部屋を出ると階下に向かった。玄関へと続く廊下で大友課長らが少女の家族と話している。警視庁の刑事を代表する本庁捜査一課の中上《なかがみ》管理官もいる。土橋の姿もあった。頬が動いていないところを見ると、先ほどのキャンディは嚙《か》み砕いて吞《の》み込んだらしい。立ち止まった亜坂に会話が届いた。

「さっきまで庭にいたんです。ついさっきまで」

少女の母親が大友と中上につぶやいている。しかしその日は虚《うつ》ろで焦点が定まっていない。まだ現実を受け入れられない様子だった。虚脱した姿勢で廊下に立ちすくんでいる。亜坂にはその姿が亡霊のように思えた。隣の父親が母親をさとした。

「さっきじゃない。昨日のことだ。犯人がめぐみをさらったんだ」

「だって昨日じゃない。つい昨日なのよ。私と一緒だったんだから。ちょっと目を離しただけなのよ。誘拐なんておかしいわ。きっと近くにいるはずよ」

母親は同じ言葉を繰り返している。そう信じたいのだ。それを現実にしたいのだ。

初めて接した誘拐事件。日頃、報道ではしっているものの、その実態に触れた気がした。しかもさらわれたのは少女なのだ。理沙の面影が脳裏に浮かび、亜坂の胸は痛んだ。

「娘さんの事件は公開捜査になると思います。了承されますか」

中上管理官が家族に確かめた。

「そうすることで危険はないのですか。ちゃんと娘は戻りますか」

答えたのは父親だった。当然の質問だった。しかし確約できる内容ではなかった。質問に刑事らが黙った。

「ちゃんと庭にいたんです。なぜこんなことになったの。本当に庭にいただけなのに」

母親が繰り返した。黙っていた刑事を代表するように答えたのは土橋だった。

「通常とは異なる捜査ですが、現時点ではそうする方が安全だと思います」

　そこに声が響いた。少女の祖父だった。

「本当だな。たった一人の孫なんだ。必ず無事に取り戻すと確約してくれるなら公開捜査を了承する」

「全力を尽くします。なんとしても無事にめぐみちゃんを取り戻します」

　土橋は声を張った。誰かが告げなければならない言葉だった。その言葉に場の空気がわずかにゆるんだ。亜坂は横を抜けると玄関に向かった。

「さっきまで庭にいたのに」

　背後で母親の声がした。一瞬、間があった。続いて絶叫が響いた。亜坂は声から逃れるように靴を履き、外へ出る。街路の奥に停《と》めてあった署の車に向かい、乗り込もうとしたとき、声がかかった。

「捜査本部にいくんだな。乗せていってくれ」

　振り返ると土橋だった。助手席に座るのを待って亜坂は車をスタートさせた。亜坂は廊下の会話も踏まえて尋ねた。

「先ほど被害者宅の電話に新聞社からの裏取り取材がありました。事件は本当に公開捜査になるのですか」

「いいか、ニゴリ。これは通常の身代金誘拐じゃない。犯人からの接触はおそらく事実だろう。詳しくは捜査本部で分かる」

ニゴリ。

おそらく自分に付けられたあだ名だろう。亜坂は車を走らせながら軽い違和感を覚えた。土橋がつぶやいた。

「百匹の踊る猫か――」


正午過ぎ。K署に設けられた特別捜査本部で会議が始まった。署に戻った亜坂は、少女の毛髪を鑑識に届けると会議に参加した。講堂には所轄を始め、本庁の刑事ら、総勢六十名近くがパイプ椅子に座っている。

一同を前にしてひな壇にいるのはK署の香坂《こうさか》署長と本庁の中上管理官らだった。現場で捜査を取り仕切るのは中上だ。トップ陣の背後にはデジタル方式の警察無線など各種の連絡機器を設置した机が並んでいる。いわゆるデスク席だ。捜査情報はすべてここに集約される。中上が口火を切った。

「昨日二十日夕刻、K署が管轄する国分寺市内在住の佐々木めぐみちゃんが誘拐された可能性が濃厚となった。本事件は広域重要指定となる」

中上管理官はそう前置きすると続けた。

「犯人と思われる人物は被害者宅ではなく、A、M、Y各新聞社の社会部に書状を速達で送付した。封書にはめぐみちゃんのものらしき毛髪がそれぞれ同封されていた。毛根がないため、DNA型鑑定はできないが、メラニン色素調査で同定が可能だ」

亜坂は胸中でうなずいた。毛髪にはメラニン色素が含有されている。そして毛はアルカリ溶液に溶ける。だから少女の部屋で採取したものと封書に同封されたものの上澄み液を比較すれば色調や濃度で個人が識別できるのだ。

「送付された書状はA紙宛の消印が晴海《はるみ》本局。M紙、Y紙は銀座《ぎんざ》の本局。三通ともに午前零時から八時を示すスタンプであるため、朝一番の回収・仕分けの前に投函《とうかん》されたらしい。封書裏の差出人は東京地検特捜部とあった」

捜査陣がかすかにざわついた。中上管理官は壁際にいた鑑識数名に合図した。鑑識員が紙片を配る。

「新聞社に届いた封筒と書状、同封されていた資料のコピーだ。現在、最有力となる手がかりはこれだけだ」

亜坂は説明を聞きながらコピーに目を通した。様子からプリンターで印刷されたらしい。文面はそれほど長くなかった。

『本状は新邦《しんぽう》化学を告発するためのものである。当方は新邦化学社長、佐々木稔《みのる》の娘、めぐみを誘拐した。本状が狂言ではなく、事実を伝えていることを示すため、佐々木めぐみの頭髪を同封する。佐々木めぐみの誘拐は身代金目的ではない。要求は以下である。

一、新邦化学の汚染行為を広く世に知らしめるために、今回の誘拐を本日付けの新聞夕刊紙面で報道すること。

一、その際に本状の全文を掲載し、また添付資料の汚染事実について報道すること。

一、新邦化学事件が解決するまで公開報道を続けること。

以上の要求を呑む場合は佐々木めぐみの安全を確約する。新邦化学が犯した事件は許されざる犯罪である。またそれを上辺だけの報道ですませているマスコミも同罪である。繰り返す。佐々木めぐみの誘拐は身代金目的ではない。新邦化学を告発するためのものである。

追記、本状が新聞掲載された後、こちらからの連絡には偽文書との真贋《しんがん》が判断できるように、左記の一文を合言葉として添える。この一文は報道する必要はない。

百匹の踊る猫は告げていた』

中上が口を開いた。

「書状によると犯人の目的は身代金ではなく、告発らしい。そして事件の公開報道だ」

「百匹の踊る猫？」

K署の先輩刑事、垣内が声を漏らした。呼応するように講堂の捜査陣の中から質問が湧いた。

「犯人は公開捜査を要求しているんですか」

質問に別の捜査員が意見を加える。

「告発と同時に警察の動きをしりたいんじゃないか」

百匹の踊る猫。車中の土橋のつぶやきを亜坂は思い出した。土橋が語ったように異常な誘拐事件だった。中上に代わって香坂署長が続けた。

「すでに事件はマスコミにしられています。各新聞社は夕刊に向けてスペースを空けて待機しているそうです。また犯人の要求がめぐみちゃんの安否に関わるために、本事件は公開捜査に踏み切ることが決定しました」

やはり公開捜査になるのか。亜坂は事態の重大さを実感した。

「毛髪鑑定を待って至急、会見をおこないます。ただし重要な捜査状況や細部については極秘とします。また会見では本署が捜査情報に関する連絡先となることと同時に犯人へのこちらからの申し入れもなされます」

香坂署長の説明が終わると鑑識の一人が立ち上がった。被害者宅で少女の毛髪を手渡してきた人物だった。

「本庁鑑識の岸本《きしもと》です。現在判明している内容を報告します。鑑識結果では封筒、書状、資料のいずれにも指紋の痕跡はありません。文面は市販のプリンターで印刷され、用紙もインクも普及しているもので特定は難しいと思われます」

熊のような体つきのわりに声は小さい。岸本は淡々と続ける。

「現物の書状その他は科捜研に回り、現在、詳しい鑑定を進めています。最優先でおこなっていますが、結果はまだ出ていません。なお現場周辺の下足痕、指紋、遺留物は採取が終わり、整理中です」

岸本が報告を終えると中上管理官が受け継いだ。

「封書にあった資料は改めて読んでもらうとして、ここではざっと説明する」

中上は資料を掲げてみせた。

「現在、被害者家族が経営する化学企業は汚染行為で提訴されている。犯人の書面には被害者宅の電話番号も添えられていた」

亜坂はコピーにざっと目を通しながら中上の説明を聞いた。佐々木家が経営する新邦化学は港区赤坂《あかさか》に本社を置き、祖父の佐々木啓治《けいじ》が会長、父親の佐々木稔が社長職という典型的な同族企業という。

新邦化学は利根川《とねがわ》上流域に工場があり、昨年、河川にホルムアルデヒドを発生させる高濃度の工場廃液を流した疑いがあった。メッキ処理の段階で発生した廃液六〇トンを業者に渡し、業者はそれを処理後、利根川に流した。

しかし業者の設備には原因物質を処理する能力はなく、新邦化学はそれをしっていた上で廃液に原因物質が含まれていることを隠蔽《いんぺい》していた可能性がある。

ホルムアルデヒドが河川水から検出されたために東京、埼玉、千葉、茨城、群馬の五都県は現在、新邦化学に対して汚染処理費用の損害賠償を求めて提訴中という。

「汚染行為に関しては犯人が添えた資料にあるとおり、事実関係が裏付けられている。以上が書状のあらましだが、文末の一文には注意してもらいたい」

亜坂は改めてコピーの文末を見た。犯人からの合言葉、百匹の踊る猫のことだ。

「この猫の件《くだり》は犯人と新聞社、我々しかしらない。従ってこの一文については極秘扱いとする。すでに新聞社にもその旨は徹底してある。諸君らも心得ておいてくれ。それでは昨日からの事件の捜査状況をK署の方から報告してもらう」

中上がそこまで述べると大友課長の指示で垣内が立ち上がり、説明を始めた。

「まず被害者ですが、誘拐されたのは佐々木めぐみちゃん。幼稚園に通う五歳の少女です。昨日の夕方五時近く、自宅の庭で遊んでいたところ、行方が分からなくなりました。母親は夕食の支度をしており、台所の窓からめぐみちゃんを確認していたのですが、数分ほど目を離した隙に事件が起こったようです。めぐみちゃんの父親、佐々木稔は当日はゴルフに出かけていました」

垣内の説明は亜坂も把握していた。少女の姿が見えなくなった直後、母親の佐々木みつえは自宅付近を捜索。連絡を受けて帰宅した父親の稔と、協力を得た近隣の住人らで近辺を調べたが、少女の行方は分からず、警察に通報した。

都民からの一一〇番通報はすべて本庁の通信司令部につながる。通報を受けた司令部は事件性が高いと判断、誘拐専用電話を通じて本庁捜査一課に連絡し、それが所轄の有線電話に回った。

ただちにK署の刑事を含め、機動捜査隊が近隣に聞き込みをおこなったが、これといった手がかりは現在、入手できていない。自宅にいたため、めぐみちゃんはいつも携帯させられていた子供用のGPS装置は持っていなかった。

「めぐみちゃんは両親と三人暮らしで、少し離れたところに祖父の佐々木啓治が暮らしています。祖母はすでに死去。こちらで調べたところ、祖父の啓治、父親の稔にはそれぞれアリバイがあります」

事件における被害者家族は一方で容疑者となる可能性もある。だからまずその容疑を晴らす必要があった。垣内が告げたのはそのことだ。

「母親のみつえについてはアリバイはありませんが、めぐみちゃんと一緒におり、経緯から見て誘拐を実行したとは考えにくいようです。すでにめぐみちゃんの顔写真、失踪時の服装は調べがついています。後ほどコピーをお配りします」

垣内はそこまで述べると会議室にいたK署の署員に合図した。その指示で会議室の照明が消された。

「我々は被害者宅の防犯ビデオ映像を回収しています。これから再生するのは失踪するめぐみちゃんをとらえたものです」

垣内の言葉に次いで会議室の前面にプロジェクターによる映像が映された。音声はなく、白黒の映像だけだった。亜坂も初めて見る内容だった。

ジャンパースカート姿の少女が庭でしゃがみ込み、カメラの方を向いていた。角度から、カメラは家屋の外壁上部に据えられていると推察される。少女の背後には道路と敷地を区切るフェンスが見える。

不意に少女が横を向いた。長い髪がひるがえる。視線の様子から、庭の外になにかを見つけたらしい。少女は立ち上がると駆け出し、画面から消えた。数秒後、フェンスの向こうの道路を小走りに行く少女の頭部が映し出されて消えた。ビデオ映像はそこで止まった。

「以上が失踪時のめぐみちゃんです。ビデオにはこれ以上なにも残されていません。めぐみちゃんは日頃からおとなしく、両親から見知らぬ人間にはついていくなと、きつくいい含められ、今までそんなことをしたことはなかったといいます。しかしこの映像を見ると、めぐみちゃん自らが外へ出ていったとしか考えられません」

亜坂も説明は理解できた。映像には少女以外、映っていないのだ。

「警察犬の捜査によって、めぐみちゃんの匂いの痕跡が表通りに確認されましたが、少し先の道路と交差する地点で消えています。結果、めぐみちゃんはその地点で車両によって連れ去られた可能性が高いと考えられます」

垣内はそこまで述べると椅子に座った。そこへ背後のデスク席から署員が立ち上がり、香坂署長に近寄ると耳打ちした。香坂が口を開いた。

「以上が事件のあらましです。不明な点は捜査に携わっていたK署の署員にお訊きください。現時点でめぐみちゃんが失踪して二十時間近くが経過しています。犯人は公開捜査となるならば安全を確約していますが、確証はありません」

香坂は立ち上がりながら続けた。

「誘拐事件で被害者を無事に救出できる可能性は時間がたつほど低くなります。本事件は時間との勝負です。皆さんはできるだけ短時間で徹底した捜査を心がけてください」

そこまで述べると香坂は講堂を見回した。その視線が一瞬止まり、自分に注がれた感触を亜坂はおぼえた。しかしその意味は分からなかった。

香坂はなにごとかを中上に告げると署の大友課長とともに講堂を出ていった。おそらく会見が始まるのだろう。毛髪の同定は間に合ったらしい。講堂に残った中上が告げた。

「諸君も理解できるように、本事件は特殊なものだ。なにか質問があるか」

その言葉に垣内が声を上げた。

「犯人は身代金でなく、報道を要求しているのですね。告発という主旨は真実ですか。だとするなら」

　そこまで述べた垣内の言葉を中上は手でさえぎった。

「つまり犯人の心当たりについてだな。告発が真意かどうかはまだ確定できない。しかし仮にそうならば、汚染行為に関する被害者である可能性も考えられる」

　別の刑事が質問した。

「だとすれば利根川一円の人間。東京、埼玉、群馬、茨城、千葉の一都四県、三千万人以上が容疑者になります。どう絞り込めばいいのですか」

「新邦化学に対して反対運動をしている集団がある。後ほどリストを配るが、それが一番の候補かもしれない。しかし証拠はなにもない。調べのとっかかりとしかいいようがないな」

　また別の刑事が声を上げた。

「告発が真意ではない場合は？　怨恨や愉快犯の可能性、少女愛好者の線も捨て切れないと考えられますが」

「そのとおりだ。犯人の心当たりについては皆無といえる」

　中上の言葉に捜査陣から溜息《ためいき》に似た声が漏れた。当然の反応だった。仮に犯人の告発が真意なら対象は三千万人超。そうでないならば、まったく手がかりのない捜査が開始されるのだ。それをできるだけ短時間で処理しなければならない。

溜息が続く中、亜坂は保育園にいる理沙のことを考えた。捜査は時間との戦いとなる。当分、理沙とはすれ違いの日々になるだろう。捜査が進展して家に帰れるようになったとしても理沙が眠っている時刻。そして出かけるのも。仮に捜査が煮詰まれば自宅へ帰ることさえ、ままならなくなる。道場に泊まり込みだ。

伯母《おば》の顔が脳裏に浮かんだ。険しい目をしていた。亜坂は昨夜、携帯電話の一報を受け、すぐに伯母にメールを打った。現場に急行するのは、なにより所轄の刑事の役割だからだ。

伯母の昌子《まさこ》は国立《くにたち》に暮らしている。自分の母親の姉で外科医だ。亜坂の実家は神戸だが、昌子は東京の医大に進学し、そのままこちらで暮らしていた。六十歳の現在まで独身を貫いている。

国立の昌子の家までは四駅ほど。捜査が始まると亜坂は、理沙が通う保育園への送り迎えを頼むことが多い。だから鍵は渡してある。どうしようもない場合は、昌子の家に理沙を預けることもあった。メールの返信はすぐに返ってきた。

『送り迎えはやる。だけど仕事を替えることを真剣に考えること』

簡素だがいつもながらの直截《ちょくせつ》的な文面に、かつて昌子と交わした会話を思い返した。忙殺されていた捜査が終わり、なんとか理沙を昌子の家に迎えにいったときのことだ。

「誠、そこに座りなはれ」

居間に入った亜坂が礼を述べる前に昌子の声が飛んだ。

「あんたな、どうしてもっと家に帰ってあげへんのや?」

東京が長い昌子だが、亜坂と話す際は関西弁に戻る。本音を伝えやすいからかもしれない。亜坂もだった。

「伯母さん、仕事があんねや」

「お前はあほんだらか。子供は家で育つんや。特に理沙のような子供は環境の変化に敏感なんやと分かってるやろうが」

昌子は亜坂の言葉を待たずにまくしたてる。居間の隅でじっとしていた理沙がぽつりと告げた。

「お父さん、帰っていい?」

「まだ、あかんわい。お話が終わるまでじっとしてろ」

昌子にしかられた理沙は黙った。亜坂も答えようがなく、二人でただ、うなだれた。

「ええか、誠。理沙は私の家では、いつもほとんど動こうとせず、見えない相手に語りかけているみたいに独り言が多くなるんや」

「つまり伯母さんの家でも、本当にくつろげてないというんか」

「分かってるんやったら、どうにかせんかい。この子がどうして、ときどき騒ぎを起こすかも理解できてるんやろ？」

　昌子の目が細く、鋭くなる。

「離婚なんかするから、理沙にしわ寄せがくるんやろうが。美由紀さんは一体、なにをしてんのん。あんたの結婚には最初から私は反対やった。何度も同じ事をいわせんといて。新しい母親になってくれる人を見つけるか、仕事を替えるか、どっちかにしい」

　亜坂は進学した大学が東京だったため、学生時代にもときどき昌子の世話になった。独身の外科医で母親の姉。いつまでたっても甥《おい》である自分に口うるさく、しつけに厳しい。理沙も、わがままをいっているとぴしゃりとやられる。二人にとって苦手な相手だ。それが美由紀と離婚して以来、今まで以上に辛辣《しんらつ》になった。

　昌子の言い分は正しい。昨夜、連絡を受けて亜坂は子供部屋で理沙の鞄に必要な物を詰め、書き置きを残して自宅を出た。あまりコンタクトしたくない相手だが、いつ終わるか分からない捜査が始まったのだ。理沙を一人にしておくことはできない。

　今朝の八時過ぎ、昌子から保育園に送り届けたとメールが届いている。同時に神戸の母親からもメールが届いた。さっそく昌子が連絡したのだ。

　伯母とは正反対に心配性な母親は、自分が遠方にいることを悔やみ、事態に慌てるばかりの内容だった。下手《へた》をすると神戸から駆けつけかねない。

　実際に何度か、そんなことがあり、母親も伯母にぴしゃりとやられている。シングルファーザーを選んだ以上は息子を甘やかしてはならないと。

　きっと理沙は今朝、誰もいない子供部屋で目覚め、書き置きを読み、苦手な伯母が迎えにくるのを待っていたことだろう。そして楽しかった休日が終わったことを実感したはずだ。たとえ童話やアップルパイがあるにしても――。

「では捜査の振り分けをおこなう」

　亜坂の回想を終わらせたのは中上の言葉だった。中上が手にしたリストらしきものを順に発表する。捜査では通常、本庁の刑事と所轄の刑事がコンビを組む。土地勘のある所轄が案内係といった案配だ。

「本庁捜査一課の土橋巡査部長は、K署刑事課の亜坂巡査と同行」

　先ほどの香坂の視線はこのことを意味していたのだろうか。捜査メモを裏紙に綴るアナログな刑事とコンビを組むことを。

　土橋はベテランだろう。だがメモの取り方からも分かる古典的な手法が、近代捜査で手柄を立てるとは思えない。つまり土橋とのコンビが意味することはなにか――。おそらく上層部は、自分にあまり期待していないのだ。

「捜査陣は被害者宅近辺の監視カメラ、Nシステムの記録確認に至急かかるように。それぞれの担当は以下となる。本日、夜九時に再び捜査会議がおこなわれる」

　中上は任務の振り分けを読み上げていった。

二

「指示された地区の記録回収に向かいます」

午後二時、捜査会議が終わると亜坂は助手席に土橋を乗せ、署の車を発車させようとした。しかし土橋がさえぎった。

「いや、その前に現場だ。俺はまだ池に当たっていない」

「池？」

亜坂は土橋の言葉が理解できなかった。現場なら理解できる。しかし池とはなにを指しているのか。

少し考えたが、意味が分かったとしても大して収穫になるとは思えなかった。新米の自分がやるべきことは指示に従うことだろう。亜坂は代わりに念を押した。

「現場ですね。ただ、すでに署の刑事や機動捜査隊が聞き込みを終えていて、これといった手がかりが出てません。映像を回収して犯行車両を割り出す方を優先しなくていいんですね」

「いいか、ニゴリ。現場には必ずなにかあるんだ。現場とは池なんだ。池に石を投げたら必ず波が立つ。波が立っている間は石がどこに投げられたか分かる。しかし波がなくなると石の在処《ありか》は分からない。だからできるだけ早いうちに、どこに石が投げ込まれたかを見定めるんだ」

土橋のいう池の意味が分かった。つまり現場を検証し、手がかりをつかむことを優先すべきだと述べているのだ。しかしすでに初動捜査は終わっている。それをほじくり返して意味があるのだろうか。なにより現場検証に入ることは指示された任務から逸脱している。

「確かニュートンの運動の第三法則だったな。高校で習っただろ?」

土橋は亜坂の心中など頓着していないらしい。池に続いて奇妙な言い回しを始める。亜坂は脈絡がつかめなかった。

「忘れたのか？　すべての動きには作用と反作用があるんだ。今回の犯人の動きが作用だとしてみろ。作用に対する反作用が必ず池で起きている。だから急ぐんだ。いけ」

亜坂は土橋の突飛な発言と指示にげんなりした。しかし相手は巡査部長だ。自分よりも階級が上で、なにより本庁の刑事なのだ。あからさまに反発するわけにもいかない。

仕方なしに亜坂は被害者宅の方角へ車を向けた。助手席に目をやると土橋がキャンディを口の中で転がしながらメモを読んでいる。手帳大のものだ。裏白のチラシを束ねてひとつに綴《と》じてある。しかし先ほど見たのと同じものではないようだ。紙片は古く、黄ばんでいる。

「ニゴリ、どう思う？　百匹の踊る猫ってなんだ？」

再び突飛な発言だった。猫の一文は犯人とおぼしき人物によるものだ。しかしそれは真贋《しんがん》を見定めるための合言葉だった。どう思うもなにも、現時点では単なる符号としかとらえられない。

「いえ、私には見当も付きません」

「だよな。俺も分からない。だからメモするんだ。そして何度もそれを読む。メモは後でいい。読む方をやってみろ」

——えらい相手をつかまされたな。

亜坂はしばらく黙っていた。土橋の思考がまた飛躍するかもしれないと踏んだからだ。やはり上が自分に期待していないのは確かだ。

「やれ。口に出していってみろ」

黙っている亜坂に土橋は強く告げた。亜坂はしぶしぶつぶやいた。

「百匹の踊る猫は告げていた」

土橋がかすかに笑った。満足しているらしい。

「そうだ。それでいい。忘れないようにメロディでもつけてみたらどうだ？」

からかっている。この男は最初から本気で捜査をするつもりはない。相手にしても無駄だ。従っている振りをしてやり過ごそう。

スイッチを入れていたカーラジオからニュースが流れた。今回の誘拐事件を報道する内容だった。新聞に先んじて電波媒体が動き始めたのだ。ニュースは公開捜査が幕を開けたことを意味していた。強い日射しがある中、エアコンの効いた車内でハンドルを握りながら、亜坂は昨夜聞いた九州のゲリラ豪雨を伝えるニュースを思い出した。

しかし今、異常気象以上にやっかいなトラブルが起こっている。特殊な誘拐事件。加えて自分は極めて非常識な相手とコンビを組まされているのだ。

被害者宅近辺はマスコミでごった返していた。テレビ中継車が停《と》まり、カメラを抱えた人間や記者らしい者がいったりきたりしている。数にして数十人は下らないだろう。亜坂は表通りをやり過ごし、少し離れた場所に車を停めた。

「この辺りの地図はあるか」

騒然とした辺りの様子など意に介していないらしい。土橋の声は淡々としていた。いわれるままに亜坂はダッシュボードに入れていた市内図を取り出した。

「幼稚園と小学校はここか。先に近所の話を聞こう」

土橋は地図を確かめると返してきた。断固として現場検証を進めるつもりらしい。聞き込みから手がかりが得られると確信して疑わないようだ。土橋は車を降りると一戸建ての多い住宅街を歩きながら目を配っている。

「ここにしよう」

五軒ほど離れた家屋の前で土橋は足を止めた。亜坂には他の住宅と特に変わった点は見受けられなかった。

「なぜ、この家かと思っているんだろ？　見てみろ」

土橋は道路に面した駐車スペースを指さしている。補助輪の付いた子供用の自転車が置かれていた。この家に子供がいることぐらいは分かる。だからどうだというのだ。

「ここから幼稚園と小学校は被害者宅の先になる。そしてここには子供がいるようだ。どう思う？」

「分かりません」

亜坂は土橋の質問に答える気はまったくなかった。『どう思う』というのは土橋の口癖のようなもので、こちらに打診しているわけではないのだ。単なる自問自答だろう。

土橋が小さく笑った。

「あのな、ニゴリ。この家の人間が被害者宅と懇意かどうかはまだ分からん。しかし子供は学校に通うのが仕事だろ。つまりここの家の子供が幼稚園児か小学生なら、毎日、被害者宅の前を通ることになる。とすれば、親も送迎時に被害者宅を眺めていると思わないか。だったら他の人間と違う話が聞けるかもしれないぞ」

土橋はインターホンのボタンを押した。

「警視庁捜査一課の土橋と申します。佐々木めぐみちゃんの一件で参りました。再三、おじゃまして申し訳ありません。お手数ですが、お話を聞かせていただけますか」

土橋の言葉にインターホンから答が返った。

「めぐみちゃんのことは、さっきニュースで見ました。ご協力したいのですが、昨日もお話ししたように、うちは佐々木さんとはそれほど親しくないのです。道で挨拶を交わす程度でして」

女性の声だった。どうやらこの家の主婦らしい。しかし出てくる気はなさそうだった。亜坂は内心、うなずいていた。

女性にはこれといった情報がないのだ。昨日の聞き込み同様に得るものはない。徒労だ。少しはこたえただろうか。しかし土橋は亜坂に無言でうなずいた。

「はい。分かっております。しかし、こちらにはお子さんがいらっしゃいますね。犯人はまだ捕まっていません。奥さんもご心配ではないですか。我々も早く事件を解決したいのです。いくつかおうかがいするだけです。玄関口で結構ですから、ご協力ください」

インターホンの切れる音がした。少し意外な展開だった。同時に亜坂は土橋がうなずいた理由が分かった。今のは搦《から》め手なのだ。

子供のいる家庭は誘拐事件に敏感だ。ましてや母親ならなおさらだろう。聞き込みに答える可能性は高いと踏んだ土橋は、だから丁寧ながら粘り腰で対応したのだ。

ほどなくドアが開き、中年の主婦らしき相手が顔を出した。土橋は警察手帳を示した。主婦は軽く頭を下げたが、視線を被害者宅の方角にやる。ごった返すマスコミに当惑している様子だった。

「事件についてといわれましても、私は特に記憶がありません。昨日も話しましたが、見かけない人物や車、不審な出来事に遭遇したおぼえはないのです」

出てきた主婦はインターホンと変わらない答をした。

「こちらのお子さんは、おいくつですか？」

土橋の質問に主婦は一瞬、黙った。亜坂も同様だった。なにを聞き出すつもりなのか、土橋の思考はまたどこかへ飛躍している。主婦が沈黙して当然だ。唐突な質問に虚を突かれているのだ。

「七歳ですが」

気を取り直したように主婦が答えた。

「すると小学生ですね。この先の小学校に通学されているのでしょうか」

主婦はうなずいた。

「奥さんはお子さんの送迎にいかれることはありますか」

「ええ、できるだけ。なにかと物騒ですから」

「そのときにめぐみちゃんを見かけたことは？」

「何度かありますよ。息子と一緒に帰るときなどですけど」

「奥さんの印象では、そのときのめぐみちゃんの様子はどんな感じでしたか」

曖昧な質問だった。様子と訊《き》かれても返答に困るだろう。しかも事件に関してではない。被害者についてだ。思った通り、主婦は考え込んでいる。

「いつもと同じでした」

予想できる返答だった。そもそも主婦が被害者を見かけたのは事件が起こる前になる。

「いつもというと？」

しかし土橋が食い下がった。

「普段のように佐々木さんの奥さんと一緒に庭で遊んでましたけど」

土橋がこちらにうなずいてきた。なにかをつかんだといわんばかりの素振りだった。

「するとめぐみちゃんは、いつも庭で遊んでいたんですね。外ではなく」

「ええ、あそこのお嬢ちゃんはおとなしい子ですよ。外で走り回る風じゃなく、いつもお庭にいましたね」

主婦の答に土橋はしばらく考えた。

「庭でめぐみちゃんはなにをしていましたか」

「画板を持ってました。あの子はよく庭で絵を描いていたんです」

「画板ですね」

しばらく考え込んだ土橋は告げた。

「貴重なお話をありがとうございます。また改めておうかがいするかもしれません。恐縮ですが、そのときもよろしくお願いします」

主婦への聞き込みを終えた土橋は、再び住宅街を歩き始めた。

足取りが当初より力強い。今の聞き込みに満足しているようだった。被害者の人となりが把握できたからだろうか。

しかし亜坂には疑問だった。まだ幼稚園に通う子供なのだ。人となりといってもその行動は大人のように確立されていないはずだ。娘の理沙を見ていれば分かる。子供は気分屋だ。そのときどきでやることが違う。なにかの参考にしようとしても当て推量にしかならないだろう。

先ほど同様に一戸建てに目を配っていた土橋は、ほどなくまた別の一軒に聞き込みを始めた。二階のベランダに子供服が干されていたからだ。しかしその家では情報を得られなかった。子供が近隣の学校ではなく、少し離れた私学に通っていたからだ。続けて土橋はそれらしい家を数軒、訪ねて歩いた。

「ニゴリ、お前は大卒か？」

歩きながら不意に土橋が尋ねた。亜坂はうなずいた。

「だったら同期の人間に一般企業の営業になった奴《やつ》がいるだろ。そいつらの愚痴を聞いたことがあるか？」

「あります」

「どんな愚痴だった？」

「ノルマがきついってことでしたが」

「だろう。俺は高卒だ。だが、お前の友達のように営業になった奴らがいる。そして同じような愚痴をこぼしていた」

土橋の話はなにをいいたいのか、回りくどいことこのうえない。聞き流しながら歩いていると、自転車の家から一区画ほど離れたところで土橋が立ち止まった。

ここにも子供がいるのは明らかだった。七夕《たなばた》の笹《ささ》の飾りが、まだ片づけられずに玄関口にあった。そこに子供の字で書き込みのある短冊が付いていた。

「新米の警察官だった俺は、あいつらと似たようなものだと思った。捜査は飛び込みセールスみたいなものだなと」

やっと言葉の意味が呑《の》み込めた。土橋はこちらの嫌気を感じ取っていたらしい。相変わらずこちらの心中には頓着しないのか、目的の家のインターホンを押している。

返ってきた声は、やはり女性のものだった。昼下がりの住宅街らしく、家にいるのは主婦ばかりだ。土橋は自転車の家と同じように丁寧に、しかし搦め手を使って相手を玄関口まで誘いだした。

「昨日も警察の方がこられましたけど、わたしは特に普段と違う点には気が付かなかったんです。うちは最近、引っ越してきたばかりですし」

先ほどと同様の返答だ。聞き込みは済んでいるのだ。しかし土橋は質問を重ねた。

「こちらに越してきて、どのくらいですか」

「二ヶ月になるかしら」

「こちらのお子さんは近くの幼稚園か、学校に通っておられますか」

「ええ、小学校に」

「するとお子さんの送迎時に佐々木さん宅の前を通りますね。そのとき、めぐみちゃんを見かけたことはないですか。いつも庭で遊んでいたそうですが」

「ええ。庭にいたと思います。確か奥さんと一緒でした」

「庭でめぐみちゃんは、なにをしてましたか。別のお宅では絵を描いていたと聞きましたが」

「絵ですか？　どうかしら。そんな憶《おぼ》えはないですけど」

主婦の答は自転車の家とは様子が違った。土橋は確かめるようにゆっくりと続けた。

「一番、最近、めぐみちゃんを見たのはいつですか」

「一週間ほど前でしょうか」

「そのときめぐみちゃんは、なにをしていたか覚えてますか」

「やはり庭にいましたよ。だけど特になにかしていたとは……」

返答は空振りだった。しかし土橋は大きくうなずいている。心なしか目に力がこもっているように見えた。主婦に礼を述べると今度は来た道を戻り始める。

「聞き込みと飛び込みセールスは似たようなものだ。とにかく数を稼いで成果を上げなきゃならない。ただし闇雲に行動していちゃ埒《らち》があかない。としたら、どうすればいいと思う？」

「分かりません」

亜坂は短く答えた。思いが口調に出ていたのだろう、土橋はかすかににやついた。

「できるだけ可能性のあるのを当たるんだ。建設関係のセールスならマンションに興味がありそうな家庭を訪ねる。事前にアパートのポストにチラシを入れておいてな。外壁工事やシロアリ駆除も同じだ。話に応対するかどうかじゃなく、話に関心があるかどうかで判断するんだ」

土橋は住宅街を歩いて最初の自転車の家に戻った。再びインターホンを押す。

「何度も失礼します。少し分かったことがあります。もう一度、お話しさせてもらえますか」

土橋は再び主婦を玄関口に呼び出した。

「先ほど、めぐみちゃんはいつも画板を持って庭で絵を描いていたとおっしゃいましたね。ですが、一週間前にめぐみちゃんを見た方は絵を描いていなかったとおっしゃいました。あなたがめぐみちゃんを一番、最近、見たのはいつ頃ですか」

「半月ほど前かしら」

「そのとき、めぐみちゃんはなにをしていましたか？」

質問に主婦はしばらく考え込んだ。主婦の視線が中空に浮いている。

「そういわれてみると、絵は描いていなかったような気がします」

「するとなにをしていたんですか」

「ええと、確か、犬と遊んでいたわ」

「犬ですか」

「ええ。黒い子犬で赤い首輪をしていたわ」

「絵は描いていなかった？」

土橋の口調が今まででもっとも慎重な様子を帯びた。

「そうね。子犬と遊んでいたわ」

土橋はそこで聞き込みを切り上げた。足は被害者宅の方へ向けている。

「話が思ったより、早くすんだな。通常はもっと時間がかかる。だが、この時刻の住宅街は女ばかりだ。聞き込みにはありがたい。犯罪者にも同様だがな。どう思う？」

そう訊かれても、亜坂は一連の聞き込みによる成果らしいものに思い至らなかった。

「メモを見せてみろ」

亜坂が携帯を取り出そうとすると土橋の叱声が飛んだ。

「さっきいっただろ。気になることはメモしておけと」

少女の部屋にあった犬の絵のことらしい。

「めぐみちゃんが描いたかどうか、まだ確認していないのか」

亜坂はうなずいた。

「まったく塩が足らねえな。味が薄くて話にならん。いいか、ニゴリ。お前は初動捜査では情報がなかったという報告を鵜呑《うの》みにしていた。大きなミスだ。なぜそう思ったか。聞き込みの相手が答えなかったからだ。しかし相手は答えなかったんじゃない。答えられなかっただけだ」

土橋は自身の口を指で指した。

「なぜなら、向こうは捜査のプロではないからだ。だから捜査を前提とした思考が働かない。我々の聞き込みとは、相手がしっていても、自分では気が付いていないことを引き出してやるものだ。そのためには、一度ですませずに新しい情報があるたびに再訪する。あるいは曖昧に問いかけて、わざと向こうに話の下駄《げた》を預ける。ニゴリ、粘るってことを覚えるんだ」

土橋はポケットからメモの束を取り出した。車中で見ていた黄ばんだものだった。

「これはな、俺が先輩の刑事から譲り受けたものだ。よく塩が利いているぞ。先輩は関わった事件に関して、すべてこんなメモを一束ずつ残していた。ひとつの事件に関してひとつごとに。なぜだか分かるか」

亜坂は黙っていた。土橋の叱責は理にかなっていた。反論の余地はない。

「まず、この形式なら、ひとつの事件をまとめやすい。それに携帯するのに便利だ」

前置きした土橋は続けた。

「しかしなにより、こうやってメモを残しておけば、いつか必ず役に立つ。先輩はそう教えてくれた。だから俺は今回の事件の際に、これを引っ張り出してきたんだ。ここには先輩がたずさわった誘拐事件に関してメモしてある」

土橋はそう告げると手にしていたメモを亜坂に渡した。

「これを読んでおけ。現場は池だ。そして池には作用と反作用がある。忘れるな」

土橋は被害者宅へと歩き始めた。自身の束から紙片を抜き取り、手渡してくる。

「それと今後は携帯電話じゃなく、お前も紙に捜査内容をメモするんだ」

佐々木家の前ではまだマスコミ関係者が騒然としていた。多くの人間が取り囲んでいたが、テレビクルーが多い。それをやり過ごすように亜坂と土橋が門の前にきたとき、女性の悲鳴が上がった。

「やめてください」

めぐみちゃんの母親、佐々木みつえの声だった。見るとキャスターらしい男が玄関扉に片足をねじ込んで、扉が閉まらないようにしている。背後ではテレビカメラが構えられていた。家族の姿を撮影したいらしい。

「臓器売買を目的とした幼児の誘拐があることをご存じですか」

男は家屋内にマイクを向けながら尋ねている。家族の感情を逆撫《さかな》でする質問だった。

土橋は門から中に入ると警察手帳を取り出した。亜坂も続いた。

「許可のない家屋侵入は立派な犯罪だぞ」

手帳を示された男は仕方なさそうに扉から足を抜くと、カメラマンと共に門の外へ出ていった。

「やれやれですね、ハシゲンさん」

背後から声があった。亜坂は振り返った。外にいた取材陣の中から一人の中年男性が門へ近づいてくる。小太りの背広姿で度の強そうな眼鏡《めがね》を掛けている。

「前田《まえだ》だな」

声を聞いた土橋がゆっくりと振り返った。

「ニゴリ、こいつはS新聞社会部の〝ップ屋だ」

「参りましたよ。犯人は書状をA、M、Y紙に送りましたね。ところがうちだけは届いていないんです。格下とでも思っているんでしょうかね」

門を挟んで土橋がかすかに微笑《ほほえ》んだ。

「だとしたら黙ってられません。トップ記事で出し抜いてやりたい。捜査に協力しますから、なにかネタはもらえませんかね」

土橋は門の外を見回して告げた。

「悪いが、今の段階では話せることはないよ」

「でしょうね。さてと、ではこちらも独自に取材を続けます。なにか分かったらお伝えしますから、そのときはよろしく頼みますよ」

前田はバーターをほのめかしつつも意外とあっさりと引き下がった。新聞記者らしく、取材方法をわきまえている。土橋は取材陣を改めて眺めると亜坂に尋ねた。

「どう思う？　どうして犯人はテレビではなく、新聞社に書状を送ったんだろうな。今の時代、テレビの方が手っ取り早いはずだ。書状の全文を掲載させたいなら、黙っていても新聞社がそうするだろうに」

遅まきながら亜坂は気が付いた。土橋の『どう思う』は口癖ではなく、土橋なりの指導のつもりらしい。しかしつき合うつもりはさらさらなかった。

「分かりません」

沈黙や分からないという返答はこちらの専売特許だ。

「ならメモしておけ」

予想通りの言葉を告げると土橋は佐々木家の玄関をノックした。亜坂はもらった紙片に今の内容を書き込んだ。これ以上、煩《わずら》わされるのは勘弁だった。

「警視庁捜査一課の土橋です。テレビは追い払いました。お聞かせいただきたいことがあります」

土橋の声にゆっくりと玄関が開いた。亜坂と土橋は中に入った。母親のみつえが疲れきった様子で三和土《たたき》に立っていた。

「子供部屋の壁に貼ってある絵は、めぐみちゃんの描いたものですね」

みつえはうなずいた。顔は土気色で生気がない。視線はいまだにぼんやりしていた。

「その中に犬の絵がありますね。こちらでは犬を飼ってらっしゃるのですか」

土橋はゆっくりと質問した。

「ブラッキーのことですか」

みつえはなんとか答えた。土橋の質問になんらかの心理が働いたのかもしれない。おそらく、すがる思いで進展を期待しているのだろう。

「あの犬は、ペットショップで購入したんです。一月ほど前に、めぐみが犬を欲しがったもので。主人もいずれ番犬になるだろうというので、みんなで買いにいったんです」

土橋は思い出すように黙った。そして尋ねた。

「外に犬小屋が見当たりませんが、室内犬なのですか」

確かに庭に小屋はなかった。亜坂もそこに疑問を感じた。

「いいえ、片付けたんです」

「というと?」

「番犬にするために外に馴《な》らしておけと主人がいったんですが、二週間ほど前でしたか、逃げ出してしまったんです。いつまでも小屋を置いていると、めぐみが悲しむだろうと思って」

土橋は説明にうなずいた。

「赤い首輪をした黒い子犬ですね」

みつえはうなずいた。

「めぐみちゃんは動物が好きだったのですか。それにしては飾られていた絵は庭や花が多く、犬の絵は一枚だけでしたが」

「特には。犬を欲しがったのは、おそらく本のせいだと思います。幼稚園のお友達に借りた犬の童話なのですが、とてもおもしろかったらしく、読みふけっていました」

「その本はまだありますか」

「いいえ。もう返したみたいです」

「犬小屋はどこにあったのですか」

「庭の端です。フェンスの角になるところ」

土橋は犬小屋の位置を確認した。

「めぐみちゃんが通っていた幼稚園は、この先のですね」

みつえのうなずきを確かめると土橋は亜坂に視線を送ってきた。

「大変、参考になりました。奥さんは少し休んでください」

「私のせいで、めぐみは誘拐されました。めぐみは無事でしょうか」

みつえは声を絞るように尋ねた。体が震えている。なんとか現実を認めようとしているのだろう。そしてその原因を自身の失態と考えているのだ。誰かのせいにしなければ納得いかない。しかし思い当たるのは自分の不注意だけ。

亜坂は母親が不憫《ふびん》だった。娘の理沙が脳裏をよぎる。絵を描くのが好きだっためぐみちゃん。本を読むのがお気に入りの理沙。よく似たおとなしい二人の少女。しかしめぐみちゃんは、怒りをぶつける相手さえ分からない事件に巻き込まれているのだ。同様の立場ならば亜坂も自分を責めるだろう。

「大丈夫ですよ。捜査は鋭意、進行中です。めぐみちゃんは必ず無事に取り戻します」

土橋はみつえの心中を察しているようだった。相手を気遣うと玄関を開け、外へ出る。亜坂も続いた。

「幼稚園にいくぞ。聞き込みだ」

亜坂は耳を疑った。

「子供にですか。なにを訊くんです?」

「子供を馬鹿にしては駄目だ。子供というのは使える言葉が少ない大人だと思え。いいたいことがうまく表現できないだけなんだ」

土橋は亜坂の前に立って幼稚園の方角へ進んでいく。五分もせずに園舎に着いた。二階建ての白い舎屋。グラウンドに歓声が響いている。火曜日の昼下がり、まだ園内には子供たちが遊んでいた。土橋は金網越しに手近にいた教諭へ警察手帳を示した。

「佐々木めぐみちゃんの事件で捜査しています。子供たちの中で、めぐみちゃんと親しかった子を教えてくれませんか」

「だったら真智子《まちこ》ちゃんかしら。よく一緒にいますから。呼びましょうか」

教諭は園内で遊んでいる女の子の一人を指さした。

「いえ、こちらから話を聞きます」

土橋は入口を開けてもらうと指さされた子のところへ向かった。

「真智子ちゃんだね。ちょっとおじさんにお話を聞かせてくれるかな。めぐみちゃんについてなんだ」

微笑みながら土橋は子供の視線と同じ位置までしゃがむと切り出した。

「めぐみちゃんが読んでいた犬のお話の本。真智子ちゃんは本のことをしってるかな」

　尋ねられた女の子は戸惑った様子を示した。教諭の方に視線を送ると告げる。

「あたしじゃないよ。あたしが拾ったんじゃない。落ちてる物を拾っちゃいけないって先生がいつもいってるもの」

「そうだね。真智子ちゃんのいうとおりだ。それで正しいよ。するとご本は誰が拾ったのかな」

「雄也《ゆうや》君。幼稚園に落ちていたんだって」

「ご本は今、どこにあるのかな」

「誰が持ってるか、しらない。分かんない」

「その本の題名は覚えているかな」

　少女はしばらく考えて答えた。

「マックスって名前の犬の本」

　土橋は亜坂にうなずいた。メモを取り出すと少女の答を書き込む。土橋は犬に関する一連の聞き込みに固執しているらしい。真意はつかめなかったが亜坂もメモした。

「ありがとう。ご本のことは先生には内緒にしておくからね」

　土橋は立ち上がると告げた。亜坂は土橋が直接、女の子に聞き込みした意図を理解した。子供には子供なりの秘密がある。それを聞き出すには大人がいない方がいい。

「被害者宅の防犯カメラの映像を確かめたい。鑑識が回収しているはずだ。ちょっと岸本に訊いてみよう」

土橋は亜坂に携帯で連絡するように指示した。すぐに岸本が出た。

「被害者宅の防犯カメラについて、土橋さんが訊きたいそうです。今、代わります」

亜坂は携帯を渡した。

「岸本か。佐々木家で犬を飼っていたんだが、カメラに子犬の映像は残っていたか」

即答だったらしく、会話はそれで終わった。携帯を返しながら土橋は告げた。

「映っていない。庭の端にあったという犬小屋の位置からするとカメラの死角になっていたことになるな」

土橋は佐々木宅方向に足を向けている。まだ現場検証を続けるつもりらしい。納得いくまでつき合うしかない。土橋の執拗《しつよう》さはこの半日で充分に分かった。

「どう思う？　少し変じゃないか」

問いかけは相変わらず曖昧だ。見当が付かない亜坂は言葉の続きを黙って待った。

「犬が逃げた。それだけなら不自然な話でもなんでもない。だが、特に動物が好きでもなかっためぐみちゃんが、不意に犬を飼いたいといいだした。その理由は幼稚園の友達から犬の本を借りたからだ。この場合、どれが作用でどれが反作用になると思う？」

話がニュートンの一件に及んだ。そして今回は珍しくはっきりとした質問だった。現場は池。そして池に石を投げたら波が立つ。そのことを土橋は作用と反作用にたとえた。

つまり土橋は現場のなにが作用で、それによってどんな反作用が起こったのかと尋ねているのだ。特に犬に関して。

珍しく刑事らしい対応を見せた土橋に、亜坂はしばらく考えて答えた。

「とてもおもしろい本を読んだ。犬が欲しくなるような。それが作用でしょうか」

「そうだ。そしてその本は幼稚園内に落ちていたんだ。だとしたら反作用は？」

そこまで告げられて亜坂は理解した。

「子犬が逃げたことですか」

「冴《さ》えてるじゃないか。塩が利いたのか？　捜査会議で見た映像を覚えているな。庭にいためぐみちゃんは、なにかを目にして急いで外へ出ていった感じだった」

「それがいなくなった黒い子犬。犯人は犬を使ってめぐみちゃんを誘い出したとおっしゃるんですか」

なるほど。この刑事は思ったよりも論理的だ。確かに土橋の聞き込みを整理すると筋は通っている。誰かが幼稚園に犬の本を置いておく。拾った園児が回し読みして、めぐみちゃんの番になる。そしてめぐみちゃんはおもしろさから犬が飼いたくなる。

つまり犬は逃げたのではなく、さらわれたと土橋は考えているのだ。本は被害者を誘い出す道具に使うために、犯人が置いたのだと。土橋の推理を亜坂は反芻《はんすう》した。だが問題点がある。今までの情報だけで土橋の考えが正しいと裏付けられるだろうか。

めぐみちゃんが庭の外に出ていくきっかけとなったのが犬だとは限らないはずだ。理沙を脳裏に浮かべて亜坂は考えた。子供の反応は気まぐれだ。絶対といえるものはない。今の話はあくまで推理に過ぎないのではないか。しかし土橋は亜坂の思考が分かるのか言葉を続けた。

「確かにめぐみちゃんの見たものが犬だとは断定できない。単なる推測とも考えられる。しかし、ここまでの聞き込みを丁寧に改めてみるんだ」

長年の勘というのだろうか。この刑事はときおり、こちらの心理に対して鋭い言葉を発する。土橋は自身のメモをめくっている。亜坂も釣られてメモを改めた。

「半月ほど前にめぐみちゃんを見た主婦は、犬と遊んでいたと証言している。一方、一週間前に見た主婦はなにもしていなかったと語っている。どう思う?」

「分かりません」

土橋は亜坂の専売特許に顔をしかめた。

「ニゴリ、また塩が切れたのか。犬が逃げたのは二週間前だろ。そしてめぐみちゃんは一週間前、庭にいたが絵を描いていなかった。あの子の部屋の壁にあった絵を覚えているか」

亜坂は子供部屋の様子を思い返した。

「風景や花が多かったですね」

「目がいいな。確かに絵は花や風景ばかりだった。ただし壁の一番端、つまり最後に飾ってあったのは逃げた犬の絵だ。いつも庭で絵を描くのが好きだっためぐみちゃんは、犬が逃げてから絵を描いていない。どう思う?」

　やっと意味が理解できた。土橋の質問の核心はこれだったのだ。土橋は答を待つように黙っている。どうしてもこちらに答えさせたい様子だった。

「正しいかどうか分かりません。ただ私が思うに、めぐみちゃんは、いなくなった犬が心配で、なにも手につかない状態だったのではないでしょうか。大好きなお絵描きもやめてしまうぐらいに」

「いいだろう。まずまずの回答だ。聞き込みをすりあわせただけでは、まだ推理に過ぎない。しかしそこに動機が絡むと精度は高まる。いわば作用と反作用がなにをエネルギーにしているかだな」

　土橋は新たな言葉を述べた。現場は池、池には作用と反作用がある。そして作用と反作用にはエネルギーがあると。

「賢い犯人だ。めぐみちゃんの方から近づいてくれば誘拐の痕跡はまったく残らない。しかも犯人は幼児の心を摑《つか》む本をしっていた。そして防犯カメラの位置や死角を把握していた」

土橋は佐々木宅の少し手前で立ち止まると辺りを見回した。

「だが、お前の考えるとおり、童話を読んだめぐみちゃんが犬を飼うかどうかは確実ではない。周到な計画だが、めぐみちゃんが童話を借りてくるかどうか、犬が飼われるかどうかを把握できていなければ誘拐の実行は不可能だろう」

土橋の勘は鋭い。亜坂はその点に関しては脱帽した。こちらも同様の疑問を感じていたのだ。土橋の一連の言葉はあくまで推理に過ぎない。根拠となる物証はゼロだ。すべてを犯人による周到な計画と結論付けるためには、さらなるなにかが必要だ。

「さて、ニゴリ。犯人は書状に被害者宅の電話番号まで記載していた。どうやってしったんだ？」

土橋は路上で空を見回している。

「どう思う？」

新たな質問だった。

「もしお前が犯人で、少女の様子や被害者宅を把握したいとしたら、どうする？」

意味が呑み込めた。亜坂は土橋と同様に空を見回した。視線の先に中層階のビルやマンションがいくつかあった。

「あの白いビル。そして先にある茶色や灰色でしょうか」

「いいぞ。それじゃ順番に当たってみようや」

土橋はそう告げると歩き出した。推理のやり取りは納得ができた。しかし、しょせんこちらは手足となって動くだけの新米だ。結論がどう出ようと関係ない。ただ流れに身を委ねる立場なのは変わりがないだろう。

しかし三軒目のビルで目的は達せられた。小さな会社がいくつか入る雑居ビルだった。管理人に尋ねると半月ほど前に屋上の錠前が壊されたという。

「壊したのは入居している会社の誰かでしょう。申し訳なく思ったのか、新しい南京錠《ナンキン》が管理室の前に置いてありましてね」

土橋は管理人に案内を頼んだ。屋上に上がり、端まで行くと、フェンス越しに被害者宅が全景で把握できた。腹這《はらば》いになれば人目にも付かない。

「岸本に連絡だ。相手はここで少女を見ていたんだ。子犬と遊んでいるところを」

亜坂は指示に従った。土橋は確信を得たらしい。絶対だといわんばかりの様子だった。鑑識が到着するのを待ちながらキャンディを口に放り込む。

「近頃は個人情報保護の関係で、電話帳に番号を載せない家が多い。おそらく被害者宅もそうだろう。しかしここで相手の家を見張っていれば電話番号がやってくるんだ」

「どういうことです」

「よくやる手だ。覚えておけ。電話会社は毎月、明細を利用者に送ってくる。それが届くのを見張っていて、ポストから盗むんだ。そして記載された電話番号を控え、電話会社にこう連絡する。まちがって明細を捨ててしまいました。再送してくださいと」

確かに被害者宅の利用明細が再送されたかどうか、それが誰の要請かを調べれば犯人の操作なのかが分かる。佐々木家の人間がそんな連絡をしていなければ、犯人が監視していた線、犬を利用したことも可能性がさらに高まる。

鑑識がくるまでやることはなかった。手持ち無沙汰から亜坂は空を見上げた。夏の青空が頭上に広がっている。土橋も口の中でキャンディを転がしながら空を見上げた。

「誘拐の目的が汚染に関する告発で、少女が手厚く扱われていたとしても、犯罪であることには変わりがない。それを許すことはできない」

――珍しく警察官らしい発言だな。

亜坂は土橋の反応にそう感じた。

「ニゴリ、お前にも家族はいるな」

「はい。父は中学生の頃、交通事故で亡くなりました。家が運送業だったもので。母親と姉は、実家のある神戸にいます。私は娘と二人で暮らしています」

そこまで述べてから亜坂は後悔していた。なぜ理沙のことまで語ってしまったのか。被害者が理沙と変わらない年齢の少女だったせいだろうか。そこからやりきれなさが湧いていたのかもしれない。土橋がこちらを見つめている。しかしそれ以上は訊いてこなかった。

「俺にも姉が一人いる。そして息子と娘がいたが、どちらも結婚して独立した。妻は数年前に他界した」

「すると一人暮らしをされているのですか」

「いや、半分だけ家族がいる」

なんのことか意味が呑み込めなかった。それきり土橋は語ろうとしない。あえて尋ねても答えないだろうことは気配で分かった。二人はしばらく屋上で沈黙した。やがて土橋が口を開いた。

「メモしておけ。犯人はかなり周到な計画を立てられる人物だ」

おなじみになった土橋の言葉だった。その最後がジェット機音と重なった。見上げると上空に一筋の飛行機雲が描かれていた。昨夜のことがふと思い出された。

「どうした？　飛行機が気になるのか」

「いえ、昨日のニュースでは九州がゲリラ豪雨だと伝えていました。それにくらべて東京はよく晴れているなと思っただけです。犯人がここで監視していたときも、今日みたいに晴れていたんでしょうか」

土橋の顔が我が意を得たりといった風になった。

「メモしろ。気になるなら」

亜坂はメモに天候と書き記した。

「お待たせしました。ここですね、ハシゲンさん」

背後で声があり、亜坂が振り返ると、岸本を始めとする鑑識数名が屋上に現れたところだった。

「調べてくれ。犯人は、ここで被害者宅を監視していた可能性が高い」

土橋の指示で岸本らが屋上に散った。亜坂と土橋は作業が一段落するのを待った。

「出ませんね。ざっと遺留物や下足痕、指紋を採取しましたが、被害者宅周辺で入手したものと一致するものは残されていないようですよ」

しばらくして、汗を拭きながら岸本が二人の元にくると結果を伝えた。

「そうか。周到な奴《やつ》だろうからな。ここからなにかをひっぱるのは難しいかもしれん。ほどほどで引き揚げてくれていい」

土橋は当然のように伝えた。落胆している様子はない。二人は鑑識と別れて、記録回収を指示されていた地区に向かうことにした。本来の任務はこちらなのだ。

屋上で物証を得られなかったが、土橋はどこか満足げな様子だった。それは続く行動によって強化された。というのも途中、電話会社に尋ねると、土橋の推理通りに被害者宅の利用明細は再送されていたのだ。

夜九時近くになって、亜坂は予定されている捜査会議の始まる少し前にK署に戻った。

一緒だった土橋は聞き込みの内容を本庁の中上管理官に報告しにいっている。

「今回は随分、張り切ってるみたいじゃないか。いつものお前とは思えん」

捜査本部の壁に貼り出された報告を見ていると、署の先輩刑事、垣内が近寄ってきた。苦手な相手だが、先輩だけに対応しないわけにはいかなかった。垣内は報告と共に掲示されている各紙の記事を指さす。

「読んだか。テレビの方も大騒ぎになってる」

署に戻る途中、車内のラジオからも、しきりにニュースが流れていた。夜に向けて事件の報道が過熱しているらしい。亜坂は新聞記事に目を向けた。

記事には極秘扱いである猫の合言葉は伏せてあったが、犯人が要求したように、書状の全文と汚染についての顚末《てんまつ》が掲載されていた。また、誘拐の目的が告発である点も強調されている。記事の一文が亜坂の目に留まった。

『犯人からの告発状を受け、捜査側は公開捜査を続けることを紙面を通じて犯人に伝える意向。同時に誘拐されためぐみちゃんの無事をなんらかの形で示してほしいとの犯人への申し入れを会見で語った』

昼の会議で香坂署長が述べていた申し入れとはこのことだったらしい。亜坂は記事を読み終えると垣内に視線を戻した。

「ぼんぼん。本庁のベテランと組んだからといって、いい気になるなよ。所轄の手柄の邪魔はするな」

垣内は捨てぜりふを残すと講堂の離れたパイプ椅子に向かう。かすかに足を引きずっていた。亜坂も手近な椅子に座った。

いつものことだった。近頃の亜坂は署の同僚には敬遠されがちだ。刑事を辞めようとしている心理がどこかで伝わっているのかもしれない。

垣内とは捜査を巡って一度、トラブルがあった。ある傷害事件で容疑者の検挙に向けて垣内と張り込みをしていたが、交代した仮眠時、亜坂は熟睡してしまったのだ。前夜、深酒をしたためだった。

そこへ容疑者が戻ってきたため、垣内に起こされて車を飛び出したが、後れを取った。本来、二人で捕縛するところを垣内が先行するかたちになった。

垣内の背中を追って犯人に迫ったとき、相手は刃物を使って垣内の太腿《ふともも》を刺し、逃走してしまった。垣内がかすかに足を引きずっているのはこの際の傷が原因だ。

幸い事件は別班が犯人を検挙した。しかし二人の手柄にはならなかった。その一件以来、垣内の上申からコンビを組むことが拒否されている。垣内だけでない。以降は署のほとんどの捜査員が亜坂を煙たがっていた。

一人になった亜坂の頭に理沙のことがよぎった。防犯ビデオなどの記録を回収する作業の間に昌子から、理沙を家に連れ帰ったとのメールが届いている。亜坂が戻るまで一緒にいるとも。亜坂の胸に後ろめたい思いが湧いた。すると脳裏に黒い粒子が広がり始めた。亜坂は胸中で告げた。

――分かった。今はじっとしていてくれ。

黒い粒子はまるで自身の心の隙につけ込むように現れる。理沙のことを頭から振り払った亜坂は気を紛らわそうと背広のポケットからメモを取り出した。

自分のものではない。読んでおけと土橋に渡された黄ばんだ紙の束だ。会議が始まるのを待ちながら亜坂は紙片をめくっていった。

メモには、誘拐事件に関して土橋の先輩が取った行動と聞き込みの様子が記されていた。読み進めてみると、それは先ほどまで土橋が続けていた行動とまったく同様のものだった。メモを読む亜坂の目が、続く一行に注がれた。

『犯人はどこで被害者を把握したのか』

土橋は突飛な推理から屋上を特定したのではなかった。かつて先輩がとった行動を手本に、同様のロジックを働かせたのだ。おそらく子犬の一件や、犯人の手口も前例があるのだろう。エキセントリックではあるものの、土橋にはそれなりの行動指針があるということだ。

亜坂がメモを読み終わったところで香坂署長、本庁の中上管理官、K署の大友課長らが入ってきて、ひな壇に並んで座った。戻ってきた土橋も亜坂の隣に座る。

「科捜研から報告が届いている。まずそれを鑑識の岸本から説明してもらう」

中上管理官の言葉で夜の捜査会議が始まった。岸本が立ち上がった。

「封書に同封されていた毛髪は、科捜研でめぐみちゃんのものであると確定しました。つまり、書状の差出人は確かにめぐみちゃんを誘拐した人物と考えられます」

岸本の説明はすでに予測されていたことだった。

「次に新たな内容として、封書から微量の金属粉が発見されたとの報告があります。金属粉はマグネシウムとアルミニウムです。金属粉は封筒に貼られた切手の裏側に付着しており、いずれも燃焼していました。以上です」

岸本はそこまで述べて座った。味気ない報告だった。金属粉がなにを示すかは分からない。だが、それは鑑識側の仕事ではない。むしろ推測を挟むことで捜査は混乱する。亜坂にもそのことは分かった。

しかしマグネシウムとアルミニウム粉は現在、唯一の手がかりといえる。犯人の近くに金属加工工場でもあるのか、あるいは犯人はそんな作業に関わっているのか。それともたまたま、そんな状況に接したのだろうか。そして燃焼していたのはなぜなのか。

「続いて聞き込みの内容を報告してもらう。K署の亜坂巡査」

不意に中上管理官の指名があった。

「子犬と屋上のことだ」

隣の土橋がつぶやく。亜坂は戸惑いながらも報告を始めた。

「被害者宅を改めて聞き込んだ結果、一家が一ヶ月ほど前に購入した子犬が逃げ出していたことが分かりました。めぐみちゃんを映していた防犯カメラの映像から考えると、犯人は子犬をさらい、それを使ってめぐみちゃんを誘い出した可能性があります。また近隣の聞き込みや電話会社を調べた結果、犯人が被害者宅を監視していたらしいビルが特定できました」

亜坂の報告に岸本が手を挙げると立ち上がった。

「ビルの屋上を鑑識捜査しましたが、犯人の手がかりとなるものは出ておりません」

香坂署長と中上管理官がうなずいている。報告にいった土橋が、どうやら一連の成果について花を持たせてくれたらしい。中上がしばらく考えて告げた。

「犬の件は外部には伏せておこう。確定情報ではないし、なにより犯人の手口に関わることだ。どう転ぶか分からん」

亜坂は言葉の意味を理解した。飼い犬が逃げたことはマスコミにいずれしられるだろう。しかしそれを囮《おとり》にしたとまでは防犯ビデオの映像を見ない限り分からないはずだ。

口上が続いて刑事らに尋ねた。

「犯人の足取りについて頼む」

犯行車両の割り出しを進めていた刑事の一人が報告を始めた。

「回収された監視カメラ、Nシステムの記録から、事件発生の時間帯に数台の疑わしい乗用車とバンが浮上しています。これからナンバーと車種を読み上げます」

刑事が告げる数字を亜坂はメモした。

「今、報告された乗用車とバンは、すでに各地の署に連絡済みだ」

中上が告げた。

「今日一日の捜査状況は以上となる。気になる点は互いに情報交換をしてくれ。明朝の会議は八時とする。諸君は交代でさらなる足取り捜査に励んでほしい。泊まり込みは以下のメンバーだ」

中上管理官がメンバーを読み上げたとき、デスク席にいたK署の署員が一人、立ち上がった。前列に並んだ三人になにごとか告げるとメモを渡している。

「青梅《おうめ》署から連絡があった」

中上の言葉に立ち上がっていた刑事らが再び着席した。

「奥多摩《おくたま》で犯行車両らしきバンが発見された。現在、所轄の署員と鑑識が捜査中だ。詳しくは明朝の会議で報告するが、車両ナンバーを伝える。続く捜査に役立ててくれ」

中上管理官が先ほどの刑事の報告にあったナンバーのひとつを告げ、夜の捜査会議は終了した。

管理官から今夜の道場への泊まり込みは指示されなかった。少なくとも今日はこれ以上の仕事はないだろう。亜坂は十時には自宅に帰れると安堵《あんど》した。すでに眠っているだろうが理沙の顔を見ることができる。伯母《おば》の苦言は待っているだろう。それでも心が少し軽くなった。

「奥多摩にいくぞ」

隣の土橋が告げ、亜坂の答を待たずに中上管理官のところへ向かった。発見現場を尋ねにいったらしい。亜坂はうんざりした。戻ってきた土橋に思わず言葉が口をついて出ていた。

「しかし我々は犯行車両の担当ではありませんが」

「今日、いっただろう。現場は池だ。波が消えないうちに、できるだけ早く見ておくんだ。それとお前が気にした天気のことは調べたか」

質問を予測していた亜坂は調べを終えていた。思いを押し殺しながらつぶやいた。

「事件発生からさかのぼって二週間、被害者宅近辺で雨は降りませんでした」

土橋はうなずくと、つぶやいた。

「ついている奴だな、犯人は。雨の張り込みはつらい」

車両が発見されたのは奥多摩の林道だった。午後十時過ぎ、亜坂の運転する車が到着すると、暗闇を裂くようにライトが灯《とも》り、一台のバンが浮かび上がっていた。

亜坂は土橋と車を降りた。闇は湿気を含んでいる。山岳のせいだろうか。あるいは九州の雨雲が近づいているのかもしれない。

見ると立ち会っている捜査陣に知り合いの刑事がいた。亜坂は歩み寄った。

「へえ、ぼんぼん。ここまで足を延ばすとは珍しく熱心だな。オネムじゃないのか」

相手が先に声をかけてきた。垣内との一件だった。嫌みに気づかないふりをしながら亜坂は尋ねた。

「園田《そのだ》、どんな様子なんだ」

亜坂の質問に園田はいぶかしそうに見つめ返してくる。やがて口を開いた。

「バンを発見したのは巡回中の警官だった。鑑識が車内を調べているが、下足痕も指紋も残されていない」

土橋は亜坂の横で話を聞いている。亜坂は続けた。

「遺留物は」

「めぼしいものはない。周辺も調べているが、こんな場所だ」

園田が足下を指さした。林道は砂利道だった。これでは下足痕もタイヤ痕も期待できそうになかった。

「おまけに本道に戻るまで監視カメラもない。いくつか枝道があるから足取り捜査も厄介になるだろうな」

「車両のナンバーは照会したのか」

　亜坂の言葉に園田は再び視線を注いできた。

「訊いてどうする？　捜査に役立てようとでもいうのか。いっとくが俺たちはお前と違って真剣に事件を追ってるんだ」

　しばらく沈黙があった。園田は投げやりな口調で口を開いた。

「しらない仲でもないから特別に教えてやる。車は盗難車だった。川崎《かわさき》の雑居ビルに隣接する駐車場で四日前の昼間に盗まれたと盗難届が出ている」

　園田はそこまで述べると同僚の輪に戻った。

　言葉が亜坂の耳に残った。ここでも垣内と同様の対応をされた。誰もが自分を仲間だとは感じていないのだ。

　同時に聞かされた内容に苦い思いだった。今回も手がかりはほとんどない。思わず舌打ちをしてしまった。土橋が口を開いた。

「国分寺市で事件が発生した。そして犯人は犯行車両をここ奥多摩に乗り捨てた。距離が近いな。あるいは土地勘があったのかもしれない。ニゴリ……」

　次の言葉は分かった。亜坂は二地勘とメモに記した。土橋が口元をゆるめた。

「ただ分からんことがある。相手は賢い奴のはずなんだが……」

土橋は首を傾《かし》げる。

「なにか気になるのですか」

亜坂はメモを続けるために尋ねた。それをはぐらかすように土橋はゆっくりと答えた。

「相手は相当に周到な計画を立てていた。それはメモしたな」

亜坂はうなずいた。

「今回も指紋や遺留物は残していない。下足痕が残らない林道で、監視カメラからも外れている場所だ。どう思う?」

「分かりません」

「おかしいじゃないか。周到な計画の割に、バンを盗んだのは昼間だ。人目に付くと考えなかったのか」

「犯人にしては杜撰《ずさん》な手口だというのですか」

「なにか理由があるのかもしれない」

土橋は自身もメモを取り出した。

「今の若いのは知り合いか」

亜坂は吐き出すように答えた。

「署の同期でした。同じ巡査でしたが、今回の昇進試験に合格して巡査部長として青梅に配属されたんです」

「お前も受けたのか」

「五月に落ちたと通知がありました。これで三度目です」

やけになったような亜坂の返答に土橋がかすかに笑った。

「ニゴリ、お前、自分が刑事に向いていないと考えているだろ」

どきりとした。土橋の鋭さを忘れていた。言葉の端に、つい本音が出ていたらしい。

「なぜ分かるのですか」

とりつくろおうとして亜坂は訊き返した。土橋はそれに答えず続けた。

「百匹の踊る猫を歌にしてみろ」

「犯人の合言葉を歌にですか」

唐突な指示だった。土橋の考えを把握するのが困難であることは、この一日、行動をともにして理解していた。しかしそれでも今日一番の突飛な指示だった。亜坂は苦々しく思った。

——子供の学芸会じゃあるまいし。

しかし土橋の視線は冷ややかだった。辟易《へきえき》しながら亜坂は仕方なく、やけくそで節を付けて唄ってみせた。

「百匹の、踊る猫は、告げていた」

どこか童謡を思わすメロディになった。口ずさんでいたのは昨夜、風呂場で理沙が唄っていた旋律だった。

「続きは？」

土橋が尋ねた。

「続き？」

続きなどない。土橋の意図が皆目つかめなかった。

「続きだ」

——いい加減にしてくれ。早くすませて家に帰りたいんだ。俺が警察官に向いてないことは理解できただろう。

亜坂が土橋にそう懇願しようと思ったときだった。闇の中でわずかに空気が動いた。まるで脳裏に浮かぶ黒い粒子のようだった。蚊柱のように集まり、たなびいている。その連想が昨日の公園で遊んでいた理沙につながった。ブランコに揺られ、肩まで伸びた髪が流れていた理沙。

「百匹の、踊る猫は、告げていた。風が吹くと」

「それで？」

土橋がにやつきながら尋ねた。

「これ以上はもう思いつきません」

怒りよりも土橋と衝突せずに済んだという安堵から、亜坂は正直に答えていた。土橋はうなずいた。

「続きを思いつくまで何度も唄ってみるんだ。いいな」

土橋がそう指示したとき、小さな音が流れた。土橋の背広からだった。ポケットから携帯電話を取り出した土橋が応答する。

「分かった」

簡単な会話を済ますと土橋は携帯を切った。

「今日はここまでだ。家に帰ろう」

土橋も泊まり込みではないようだ。亜坂は尋ねた。

「ご自宅はどちらですか。お送りしますが」

土橋は腕時計を確かめた。

「いや、立川《たちかわ》駅まででいい。まだ中央線がある時間だ。荻窪《おぎくぼ》までなら電車の方が早い。お前も自宅へ帰って休め。娘さんがいるんだろ」

最後の言葉で理解が及んだ。土橋の勘の鋭さを忘れていた。泊まり込みを指示されなかったのは土橋の配慮があったからなのだ。屋上のわずかなやりとりで土橋は中上管理官と話した際、こちらの帰宅許可を取ってくれたらしい。それを見越した上での奥多摩遠征だったのだ。

午後十一時過ぎ。亜坂はマンションの駐車場に車を停めた。五階にある自宅の明かりが灯っていた。伯母はまだいるようだ。エレベーターで部屋まで向かう。鍵を開けて部屋に入った。

「正義の味方がお帰りや」

リビングから昌子の声が響いた。亜坂は背広を脱ぎ、昌子と向き合って椅子に座った。

「理沙はもう眠ってるで。明日も保育園の送り迎えはしたってもええ。そやけど理沙の朝ご飯と荷物はあんたが用意したるんや」

「明日は会議が八時やねん。朝は俺が送るから、昌子伯母さんには夕方をお願いしたいんやけど」

昌子は椅子に座り直すと待っていたように話を始めた。

「メールは読んだやろ。今朝、ここにきたとき、理沙は普通やった。いつものようにお父さんの仕事が始まったと理解していたらしいわ。そやからメールには書かへんかったけど、帰りは一悶着《ひともんちゃく》あった」

亜坂は黙ってうなずいた。以前にもあったが、やはり理沙は癇癪《かんしゃく》を起こしたらしい。亜坂が一番心配していることが原因だろう。

「分かってんねんな。夕方、迎えにいくと理沙は保育園から帰るのを拒んだんや。お父さんの仕事が終わるまでここにいると。連れて帰るのに一苦労やった」

理沙は本の世界に閉じこもる、おとなしい性格だ。そして寡黙な人間は反発を言葉で表さない。耐えられるまで黙っていて、火山のように不意に爆発させる。亜坂ができるだけ理沙を外へ連れ出し、内にこもる鬱憤を行動で発散させようとするのもこの点からだった。昌子が語句を強めた。

「私が理沙に煙たがられているのは充分承知してる。でもそれだけとちゃう。理沙が家に帰りたくない理由は」

やりこめられた亜坂の脳裏に黒い粒子が広がった。蚊柱となると、記号のような言葉のような鈍い羽音でたなびく。まるで楽しんでいるかのように。

《分かっているよな》

亜坂は胸中で叫んだ。

——黙れ。もちろん承知している。誰もいない家に帰るのが嫌だからだ。

亜坂は体から力が抜けていくのを感じた。昌子が憮然《ぶぜん》とした口調で拍車をかけた。

「美由紀さんは、どないしてんねん？」

「今、ウクライナや。来月は一時帰国して理沙と時間を過ごす予定やけど」

亜坂はつとめて平静を装いながら答えた。

「また紛争地帯の医療奉仕かいな？　正義の味方が二人もいる娘はつらいこっちゃ。クラーク・ケントは独身を貫く賢さがあったんやけどな」

亜坂は溜息《ためいき》を漏らした。耳が痛い話がぶり返されるのがつらかった。別れた妻は、昌子と同様に医師だ。特に紛争地帯に入り、医療に従事する活動に関わっていた。

「確かに私を通じてあんたは彼女としり合った。それは私も反省してるんや」

昌子のいうように亜坂が美由紀をしったのは、かつて昌子が講師をしていた大学病院でだった。大学時代、ときおりそこへ顔を出していた亜坂は、医学生だった美由紀としり合い、恋に落ちた。

「あんたたちが恋人同士でいることは、若者の特権やと私は許容してた。でも結婚は別なんや。あんたが警察官の道に進むといったとき、二人が共同生活を送れるはずがないと私は思った」

亜坂はいつもの話をいつものように黙って聞くしかなかった。話は理沙についてなのだ。離婚の顚末ではない。昌子はこれから理沙とどう暮らしていくつもりなのかを問いただしているのだ。

「美由紀さんは医師として尊敬できる。目の前に助けたい命があれば、遮二無二それに関わる。母性、あるいは女の正義感とでもいえばええんやろな。あの人はあんたと同様に、使命感に燃えた若者やった」

昌子のいうように亜坂が美由紀に恋をしたのは、種類が異なるとはいえ、共通する価値観があったからだろうとは理解できている。しかしそれは過去の話だ。警察官になって六年。自分の胸にあった思いは現実によって歪《ゆが》んでしまった。

《辞めちまえ》

黒い粒子が自分を嘲笑するかのように渦を巻き始めた。

分かっている。警察官は、今の俺なんかにできる仕事ではない。やり甲斐《がい》も張り合いもない。虚勢を張る必要などないのだ。さっさと足を洗えば済む話だ。

「分かってんねやろ。正義を巡る理想と現実は折り合わないことがあると」

昌子の言葉は正論だった。確かにそうだ。亜坂が美由紀と別れた理由はそこだった。医師としての妻と警察官としての夫の時間は重なることはなかった。小さないざこざが続き、ささいなことが喧嘩《けんか》の種になった。

例えば会話の受け答え。ドアを閉める音。分担している家事のやり方。相手の一挙手一投足が鼻につくようになった。たとえ努力しても、互いに不規則な生活なのだ。両親の喧嘩が絶えない家庭で、理沙は無口な子供になっていった。それを理解した美由紀は離婚を提言したのだった。

美由紀は使命感に駆られて危険な紛争地帯に出かけていく。むろん理沙を連れていくことはできない。命の意味を考える美由紀は、自身の理想と理沙を天秤《てんびん》にかけた。理沙の精神的な安定も含めて。そして話し合いの結果、亜坂の元に理沙を置くことを承諾したのだった。定期的に養育を交代することを条件に。

「美由紀さんが命を救うために世界を飛び回り、あんたは社会を救うために遅くまで働く。そやけどな、帰ってこないクラーク・ケントを待っている理沙は誰が救うのや？　理沙が安心できる基地はどこにあるんや？」

　亜坂は答えようがなかった。渦となった黒い粒子の中から同調するような意図が嘲笑のように伝わった。

「現実を見たら、どうや。いつまでもこんな状況が続けられるわけがない。理沙に時間を割けるように仕事を替えなはれ。生活費が問題なら、物価の安い地方で働く方法もあるやろが」

　亜坂はなんとか答えた。

「転職のことは検討してるがな」

　亜坂の答に昌子は溜息をついた。

「ええかげんなことといいなはんな。あんたは小さいときから、いつもこうや。いざとなったら男の癖にうじうじするばっかりや。ええか、理沙はあんたが考えているよりも頑固なんやで。小さくても女なんや。今の状態が長く続けば、なにをするか分からん。よく覚えておくこっちゃ」

　昌子は椅子から立ち上がった。

「車できているから一人で帰れる。理沙の顔を見てあげたり」

亜坂は椅子に座ったまま、脳裏に渦を巻く黒い粒子が消えていくのをゆっくりと待っていた。昌子に答えることができなかった。

「それで今度の事件は？　もしかして例の誘拐事件か？」

なんとか亜坂はうなずいた。昌子は亜坂を見つめた。亜坂はうつむいた。溜息がひとつあり、足音が玄関へと向かう。扉の閉まる音が響いた。

頭の中の黒い粒子は薄まりながらも、まだ嘲笑しているようだった。

伯母は正しい。仕事を替えるべきなのだ。

亜坂はゆっくりと立ち上がった。ガラス戸棚にあったバーボンのボトルを取るとグラスに注ぎ、一気にあおった。息を吐くと子供部屋に向かい、ドアを開ける。明かりが点いたまま、理沙は眠っていた。

アップルパイは食べただろうか。少しはそれで気が晴れただろうか。亜坂は理沙の寝顔を見つめた。できれば楽しい夢を見ていてくれればと願った。

三

七月二十二日、水曜日。朝から薄曇りの天気だった。午前八時の捜査会議を講堂で待ちながら亜坂は家を出るときを思い返していた。今朝、目覚めた理沙は、父親が家にいたことを喜ぶわけでも甘えるわけでもなかった。無反応といった方が正しかった。

もともと無口な性格の理沙だが、捜査で亜坂が遅くなったり外泊したりすると、ますますしゃべらなくなる。美由紀と養育を交代するときは、現れた母親に抱かれるのを嫌がったりする。かと思うとこちらに戻るときは美由紀と離れるのに激しく抵抗する。ある種の甘えなのだとは亜坂も理解できていた。

おそらく今朝、無反応だったのは理沙なりにストレスをコントロールする手段なのだろう。理沙にとってどちらの親も、どちらの家庭も混乱の原因なのだ。いずれも昌子がいう「安心できる基地」になっていないのだ。家庭が安心できる居場所でないために、理沙は外へ出て冒険することができない。だから本の世界に閉じこもるのだ。唯一の基地として。

《可哀想《かわいそう》に》

頭の中に広がった黒い粒子が亜坂を糾弾した。事件の捜査、理沙の反応、伯母《おば》の言葉、いずれにも疲れていた。亜坂はただ頭を抱えた。黒い粒子はやがて薄れていった。

「青梅にいったそうだな。園田から電話があった」

顔を上げると垣内が立っていた。

「邪魔するなと昨日、いったよな。本庁のベテラン相手に点数を稼ごうとでもいうのか。今さら、お前の手を借りようなんて誰も思ってないんだ」

垣内は低く告げると去っていく。まだ会議は始まらない。講堂のパイプ椅子に座る亜坂の脳裏に再び今朝の様子がよぎった。

朝食に理沙の好物のパンケーキを焼いてやった。バターと蜂蜜を添えて。相変わらず理沙は無反応だったが、ぺろりと平らげた。フォークの手を止め、向かい合う理沙を見つめていると、まるで不安を解消するために食事と格闘しているように思えた。昌子が理沙を保育園に迎えにいくのは夕方六時。これまでの捜査状況から、こちらが迎えにいってやるのは到底無理だ。垣内の言葉が脳裏をよぎる。

――いつ、辞めるべきだろうか。

ふと気配を感じて再び顔を上げた。土橋だった。無言で隣のパイプ椅子に座る。

「おはようございます」

しかし土橋の反応はなかった。今朝の土橋は理沙同様に無口だ。どこか不機嫌そうでもある。言葉をかけるのを躊躇《ためら》っていると、トップ陣が現れ、捜査会議が始まった。

「昨夜の犯行車両について、まず鑑識から報告してもらう」

中上管理官が口を開いた。言葉を受けて岸本が立ち上がった。

「犯行車両のバンですが、残念ながら指紋、下足痕、遺留物は見当たりませんでした」

昨夜、亜坂らが聞いた内容通りだった。

「ただし、車両の床に微量ながら印刷用のインクが付着していました。カラー部分の発色から、A新聞に使用されているものです」

そこまで述べて岸本は座った。中上管理官が補足した。

「今の報告だが、おそらく犯人は遺留物が残るのを恐れて車の床に新聞紙を敷き詰めていたと思われる」

土橋がいったとおり周到な犯人だ。

「当然、インクだけでは購買者を特定できない。定期購読か駅売りか、あるいは拾ったものである場合もある。ただ、この件は若干の情報として記憶しておいて欲しい。続いてK署の大友課長から、犯行車両についての報告をお願いする」

大友が口を開いた。

「青梅署からの報告ですが、犯行に使われたバンは事件発生の三日前に盗難されたものでした。場所は川崎の雑居ビルに隣接する駐車場です。残念ながら監視カメラはなく、盗難時の様子は記録されていません。ただし所有者の届出から、盗難は昼間であることが同定されています。以降のバンの足取りは現在、特定中です」

大友課長の報告が終わると中上管理官が引き継いだ。

「ここまでの内容を整理しておく。犯人はめぐみちゃんを誘拐し、事前に用意していた盗難車に乗せた。その後、奥多摩の林道に犯行車両を乗り捨てたと推測される」

中上の言葉を聞き、亜坂はメモを改めた。すると、バンを乗り捨てた後、犯人とめぐみちゃんはどうやって移動したのだろうか。

めぐみちゃんがさらわれたのは夕方だ。告発状が投函《とうかん》されたのは、それ以降から朝一番の回収までの時間になる。でなければ被害者の髪を同封できないからだ。

犯人が盗難車を使って都内に書状を投函しにいったとは考えづらい。川崎で車を盗んだ際もだが、犯人が監視カメラに敏感なのは把握できている。書状が投函されたのは晴海と銀座だ。繁華街になればなるほど足がつきやすいはずだ。

土橋がいったように、周到な計画を立てている犯人だ。盗難車を乗り捨てれば、いずれ発見されることは分かっているだろう。奥多摩から監禁場所までは別の足があるのだ。

「青梅署では、昨夜のうちに林道に通じる道路周辺の監視カメラ映像を回収してくれている。それらの映像を改めた結果、事件発生後、数台の乗用車が林道近辺を走っていることが分かった。中でも一台の黒い乗用車については注意してもらいたい」

当然の捜査だった。中上は重要な情報だと示すためか一旦、間を置いた。

「車はF社のセダン、群馬ナンバーだが、登録された番号と車種が違うため、盗んだナンバープレートにすり替えられていたことが判明した。この車を始め、映像にあった車のナンバーを今から読み上げる」

やはり別の足があったのだ。亜坂はそれらをメモに書き留めた。

「以上が報告だ。疑問点があればK署の大友課長ほかに尋ねて欲しい。諸君には今、読み上げた車の奥多摩以降の足取りを追ってもらいたい。夜の捜査会議は九時だ」

中上管理官の指示で朝の捜査会議は終わった。土橋はすでに立ち上がっている。

「奥多摩に向かいますか」

署を出ると、亜坂は車に乗り込む土橋に訊《き》いた。

「寄りたいところがある。荻窪にやってくれ」

土橋はむっつりしたまま答えた。

「ご自宅ですか」

確認したが土橋はそれきり黙っている。仕方なしに亜坂は車を発車させた。土橋の不機嫌さの理由は分からない。昨日のエキセントリックな素振りはすっかりなりを潜めている。そのまま亜坂は十分ほど車を走らせた。

「ニゴリ、どう思う？　捜査は行き詰まっていると思うか」

助手席で黙っていた土橋が尋ねた。

「残念ですが、我々はどうも後手に回っている気がします」

「しかし犯行車両、犯人が被害者宅を監視していた場所、昨夜、岸本が報告した金属粉など、いくつかの証拠はあがっているぞ」

土橋は自問するように続けた。

「だとしたら、どうするか。改めて現場に聞き込みか」

「池ですか」

亜坂は土橋の言い回しを思い出して訊いた。

「そうだ。だがその前にやることがある」

土橋が自身のメモを改めだした。不機嫌さが少しずつ薄れてきているようだった。亜坂は沈黙を守った。下手《へた》に言葉をかけて不機嫌さが戻るのを警戒してだった。不意に土橋が告げた。

「百匹の踊る猫か。ニゴリ、唄ってみろ」

「またですか。勘弁してくださいよ」

「いいから唄え」

こちらを斟酌《しんしやく》する様子ではない。馬鹿馬鹿しいが、土橋の機嫌が戻りかけているところだ。仕方なく昨晩、唄った内容を口にした。

「百匹の、踊る猫は、告げていた。風が吹くと」

「続きは？」

亜坂は辟易《へきえき》した。しかし土橋はこちらが唄うまで聞き入れないだろう。亜坂は頭に浮かんだ言葉を出鱈目《でたらめ》に口にした。

「百匹の、踊る猫は、告げていた。風が吹くと踊りは大変、誰か魚をくれませんか」

土橋が今日初めて笑った。

「なかなかいいじゃないか。だいぶ塩が利いてきたみたいだな。お前はいいところを突いている」

珍しく土橋が褒めた。その言葉に亜坂は続きがあると理解した。

「調べるべきは百匹の踊る猫がなにを意味するかじゃない。問題は猫が告げていたという件だ。犯人は書状に告げていたと過去形で書いている。猫はなにを告げていたんだ？　そして誰に告げていたんだ？　メモしておけよ」

やっと昨日の土橋に戻った。

「いいか、調書というのは終わった捜査内容を記録している。しかしメモは進行中の捜査を書く。そこに違いがある。メモには捜査のヒントが隠れているんだ」

土橋の訓辞だった。不機嫌な土橋より、まだこっちの方がましだ。亜坂は土橋の機嫌を損ねないように殊勝な質問をしてみせた。

「今の歌もそうですか？　歌を唄うことは捜査のヒントなのですか？」

「歌はな、先輩から教わった流儀を俺なりに変形したものだ。俺は先輩から、刑事に必要なのは五感だと教わった。つまり目と耳、鼻と口、手と足だ。刑事は五感を使って見たもの、聞いたもの、感じたものを無意識に頭に刻んでいるんだ」

亜坂は土橋のいわんとすることがなんとなく分かった。しかし歌を唄う必要性が理解できなかった。

「それらは一見、無関係に見える。しかしその裏には真実がある。だから気になったらなんでもメモし、そしてそれを何度も繰り返して読む。するとそれまでバラバラだったものがつながり、真実が見えてくる」

土橋がポケットからキャンディを取り出し、口に放り込んだ。

「要は繰り返すことが大切だ。俺の先輩は、捜査が煮詰まったら何度もメモを声に出して読め、と教えてくれた。俺はそれを歌にすることを考え出した」

土橋が歌にこだわったのはこのことだったらしい。先輩から教わった流儀を伝えようとしていたのだ。

「お前もやっていて馬鹿らしかっただろう。気恥ずかしいしな。だがな、そうすることで読み返すよりも、もっと頭に残るんだ」

土橋から渡された黄ばんだメモの束が頭をよぎった。監視場所の特定につながったメモ。その先輩は土橋にとって絶対なのだろう。

ふと亜坂は、休日の夜、理沙に焼いてやったアップルパイを思い出した。

「アメリカンパイですね」

「なんだって？」

土橋が珍しく訊き返した。

「捜査に入る前、アップルパイを焼いたんです。アメリカンパイというのはパイ皿になっているタイプのパイのことです。バターをたっぷり練り込むので、さっくりした口当たりにするコツとして、生地を三つ折りにしては伸ばす作業を繰り返すんです」

「そうか。お前は料理をやるのか。趣味なのか」

土橋は意外そうに尋ねた。

「必要にかられてといった方が正しいと思います」

「アップルパイか。悪くないな」

土橋は口の中のキャンディを確かめるように頬を動かした。そしてまんざらでもないように答えた。

「俺の趣味は音楽だ。クラシックが好きなんだ。シューベルトが一番だな。特に野薔薇《のばら》」

土橋は付け足した。

「柄でもないがな」

すっかり機嫌が直っているようだった。心配したような厄介は回避できたらしい。

土橋が寄りたいと告げたのは、荻窪駅近くの老人ホームだった。住宅地の中に植木に囲まれたクリーム色の建物が建っていた。亜坂が車を駐車場に停《と》めると土橋は告げた。

「ここでもいいし、待合室でもいい。ちょっと待機していてくれ」

それだけ告げて土橋はホームの中に入っていく。どんな用事かはいわなかった。こちらが訊くことでもないだろう。亜坂はしばらく考え、待合室に向かうことにした。待合室なら自動販売機ぐらいあるかもしれない。

館内に入ってすぐに応接セットが置かれていた。亜坂は販売機でアイスティーを買い、ソファに座った。

待合室の壁には、ホームに入っている老人らの写真が貼り出されている。クリスマスの夕食会や花見といったイベントの様子だ。十数人の老人の楽しげな写真が並ぶ中、犬や猫と一緒にいる一連のスナップがあった。ペットセラピーらしい。

手持ち無沙汰から写真を眺めていくと、猫を抱く老女の姿があった。かなりの猫好きらしく、同じ老女がいろいろな猫を抱いて何枚も撮影されている。まだ矍鑠《かくしやく》としている様子だった。

「あなた、猫はお好き?」

背後から声がかけられた。振り返ると写真の老女だった。七十代だろうか。小柄で痩せている。老女は亜坂と向かい合う椅子に座った。

「猫ですか？　さて、飼ったことがないんで分からないな」

唐突な質問に亜坂は苦笑しつつ答えた。話し相手がほしいのだろうと理解できた。老女は微笑《ほほえ》んだ。

「猫のことが分かる人間なんていないと思うわ。彼らは生き物の中でも特別よ。彼らだけの思想、彼らだけの世界を持っているらしいの」

興味深い意見だった。亜坂はつられて尋ねた。

「猫にお詳しいんですか」

「幼い頃からずっと一緒だったわ。残念ながら、ここでは飼えないけれど」

亜坂は周りを見回した。確かに共同生活をする老人ホームだ。ペットを飼うことは許されないだろう。淋《さび》しい思いをしているのだろうか。

しかし老女は言葉も振る舞いもしっかりとしている。なぜ老人ホームの世話になる必要があるのかと疑問に思うほどだ。老人扱いは失礼になるかもしれない。亜坂は口にすべき次の言葉を探った。

ふと猫に関する話題から例の合言葉が頭に浮かんだ。亜坂はメモを取り出した。

「変な質問をしていいですか。百匹の踊る猫って言葉を聞いたことがありますか？」

老女の顔から笑みが消えた。しばらく考え、やがて口を開いた。

「どうかしら。私の記憶が正しい答になるかどうか分からないけれど」

「それで結構です。お聞かせください」

老女にはなにか思い当たることがあるらしい。

「あなた、出身はどちら?」

「神戸です」

「だったら、しらなくて当然ね。まだお若いし、これは九州の話だから」

老女はそう前置きすると話を始めた。

「昔話になるわよ。私は東京の生まれなの。結婚した主人は銀行員だった。勤め先は大手の都市銀行でね。新婚時代はあちこちに転勤して各地の社宅で暮らしたものよ」

「それで九州に?」

「熊本だったわ。主人も私も、まだ二十代よ。でも銀行員というのは、実はとても忙しいの。特に若手社員は朝が早くて夜が遅い。よく主人がいってた。兵隊銀行員は社員の皆さんが出勤して、すぐに仕事にかかれるように準備を整えるのが仕事なんだって」

同感だった。自身も同様のことをしている。寒い時期には先輩らが出署する前に湯を沸かし、緑茶を用意することさえある。今どき珍しいK署の伝統だった。

「慣れない土地で帰りの遅い主人を待つ専業主婦の気持ちが、男性のあなたに分かるかしら。趣味を持てとか、本を読め、テレビを見ていろといわれても、楽しいと思う？　幸福とは暇つぶしではないのよ」

老女の言葉に理沙の姿が重なった。家庭が安心できる基地ではない理沙は、暇つぶしさえできないだろう。ただ本の中へ閉じこもることしか術《すべ》はないのだ。

「だから私はもう一人の家族を飼うことにした。本当は社宅だから駄目なんだけど」

「猫ですか」

老女はうなずいた。

「熊本で暮らしていたある日、地方新聞にびっくりする記事が掲載されたの。漁村の猫、百匹近くがキリキリ舞いして踊り死ぬって書いてあった」

「猫が踊り死ぬ？」

唐突な言葉に亜坂は理解が及ばず、問い返した。

「普通じゃないでしょ？　私は新聞を読んで怖くなったわ。伝染病かなにかなのか、自分の飼っている猫が、かからないかどうか」

「なにが原因だったのですか」

亜坂の質問に老女は顔をしかめた。

「私が原因をしったのは熊本から東京に戻ってからだった。何年もしてからよ。東京では熊本の地方紙は読めないから分からなかった。だけどずっと経《た》ってから、中央紙に踊り死んだ猫の一件を思わせる報道があったの。不知火海《しらぬいかい》に面した一帯で、水俣病《みなまたびょう》が発生していると」

老女の言葉に亜坂は思わず返した。

「水俣病ですか？　あの公害事件の？」

「地方紙にあった踊り死んだ漁村の猫って、まさにその周辺の猫だったの。猫たちは水俣病だったのよ」

「つまり、猫たちが告げていたのは――」

「猫たちは水銀に汚染された魚を食べていたの。水俣病が解明される前に、踊り死んだ猫たちは水銀中毒だと伝えていたのよ。でも、誰もその大変さに気が付かなかった。そして猫が告げていたように大変なことになった」

亜坂は返す言葉がなかった。しばらく沈黙が続いた。ホームの外から歓声が聞こえてきた。老女はその声に耳を澄ましている。

「子供たちが戻ってきたわ」

老女の頰に笑みが戻った。

「もうお昼なのね。低学年の子供たちが学校から帰ってきてる。楽しそうね」

亜坂は子供らの笑いと高い調子の声に救われた。愕然《がくぜん》とさせられた事実から離れ、平凡な昼に戻ることができた。亜坂は老女と笑みを交わした。

「いつもこうなのですか」

「ええ。いつものこと。新聞や牛乳の配達並みの正確さよ」

老女は答えて椅子から立ち上がった。

「久しぶりにおしゃべりができて楽しかったわ。女にとっての幸福はかなりの割合、おしゃべりなの」

そう告げて老女は亜坂を見つめた。

「あなた、独身でしょ。でも結婚の経験はある。当たっている?」

虚を突かれた亜坂は思わずうなずいた。

「あなたは結婚指輪をしていない。でも私の話を聞きながら答える様子で分かったわ。話を任せずにポイントを確かめたから。女性の話が堂々巡りすると身に染みている男性の態度よ。どうして男の人は同じ話を何度もしたくないのかしらね。でも現実とは堂々巡りの繰り返しなのよ」

老女は笑みを浮かべて告げた。

「頑張りなさい。そろそろ食事の時間だから部屋に戻るわ」

まるでこちらの家庭事情をすっかりしっているような口ぶりだった。立ち去ろうとする老女に亜坂は尋ねた。

「立ち入った質問ですが、いいですか」

「どうぞ」

「どうしてこちらに？」

「猫と同じよ。子供たちは独立したの。そして主人は他界した。私は家族の世話になりたくないの。猫も人間も独りで生まれてきて、独りで死ぬものなの」

言葉がなかった。猫を見てきた老女らしい返答だった。亜坂は尋ねるべきことを訊くことしかできなかった。

「お読みになった熊本の地方紙と時期を教えていただけますか」

「ニゴリ、待たせたな」

老女が去ってしばらくすると土橋の声が背後であった。振り返ると土橋と年齢が変わらない様子の女性と連れ立っている。

「新しくコンビになった亜坂さんですね」

女性は前置きして述べた。

「弟がお世話になります。無骨な性格ですが、よろしくお願いします。それと今日は弟とともにご足労いただき、ありがとうございます」

「姉の良子《りょうこ》だ」

土橋が告げた。丁寧な挨拶に亜坂は恐縮した。土橋の姉が続けた。

「源造《げんぞう》。私がしばらく見ているから、心配しなくて大丈夫ですよ。それよりもあなた」

本庁捜査一課のベテラン刑事を源造と呼び捨てにできるのは、この人ぐらいだろう。まるで子供扱いだ。土橋は顔をしかめている。土橋の姉が続いて小声になった。

「あなたこそ、自分の体のことを考えないと駄目よ。いいわね」

土橋の視線が泳いだ。今の言葉を聞き流そうとしているらしい。理沙とそっくりの様子に亜坂は笑いを噛《か》み殺した。もしかしたら二人は似ているのかもしれない。

「じゃ、私は母さんの部屋に戻るわ」

釘《くぎ》を刺した土橋の姉は亜坂に頭を下げ、廊下を去っていく。土橋が嘆息した。

「お袋がここに入っているんだ。認知症でな。この頃、徘徊《はいかい》するようになって、昨夜《ゆうべ》もちょっとした騒ぎがあった。ホームの外へ出てしまったんだ」

土橋が不機嫌だった理由を亜坂は理解した。捜査ではなく、家族について心配事があったのだ。

——昨日聞いた、半分の家族とは母親のことだったのか。

亜坂は脳裏に浮かんでいた、かけるべき言葉を呑《の》み込むことにした。

亜坂自身も理沙について、周りからとやかくいわれることに抵抗がある。気遣いからきていることとは分かるが、そっとしておいてもらいたいことの方が多い。今の土橋も同じだろう。それより土橋の姉が口にした言葉が気になった。

「土橋さん。どこか具合が悪いのですか」

「大したことじゃないさ。姉は心配性でな。いつも、ああなんだ」

否定をした土橋は話題を変えた。

「それより、さっき熱心にホームの女性と話していたな。気晴らしになるようなことか？　だったら聞かせてくれ。姉と話すとどうも気が滅入《めい》る。雨の日に傘を置き忘れた気分だ」

亜坂は老女の話を土橋に説明した。

「ニゴリ、お手柄だ。すぐ近くに図書館がある。今の話について調べてみよう」

二人は車をホームに置き、ほど近い荻窪の中央図書館に歩いた。土橋は貸し出しカードを持っているという。五分もせずにガラス張りの館についた。二人は水俣病関連の図書を請求し、調べていった。

老女の話は事実だった。猫の異常死を伝えたのは一九五四年、熊本の地方紙だった。二年後、西日本をカバーするブロック紙が『水俣で奇病、伝染病が流行《はや》っている』と初めて人間についての報道をした。

やがて水俣病は中央紙にも取り上げられるが、誰も水銀中毒とは気付かず、猫の異常死から七年経って、ようやく大学研究班によって工場廃液が原因と特定された。その間、水俣病の被害は拡大していった。

「犯人がいいたかったのはこれだ。猫が前兆を告げていたのに誰も気が付かなかったということだ」

力がこもった土橋の言葉を亜坂は確かめ直した。

「つまり犯人は、熊本の報道が意味することをなぜ誰も気が付かなかったのかといいたいんですか」

「そうだ。猫の合言葉も告発だったんだよ。誰が気が付かなかったのか。なにに気が付かなかったのか。みんなだ。日本中の誰もが水俣の事件を大変なことだと思わなかった。だからなんの対策も打たれず、大事件になった。合言葉はその経緯を告発していたんだ。新邦化学と同じだと」

「犯人は熊本の記事を読んだ人間でしょうか。あるいはそれを誰かから聞いた人物」

「それはまだ分からん。とにかく犯人は、環境汚染にかなりの関心を持っている。水俣病の経緯をメモしておけよ」

土橋は興奮を抑えるように告げると、借り出した本を返しにカウンターに向かう。亜坂も手元の資料を持つと続いた。土橋は返却を終えると思い立ったようにメモを改めて、司書に尋ねた。

「名前がマックスという犬の童話はありますかね」

「ああ、『かえれ、マックス』ですね」

即答した司書はすぐに童話を持ってきた。どうやら誰もがしっているような名作らしい。土橋はそれを借り出した。

思わぬ展開に亜坂は興奮していた。まだはっきりとしないが、今、入手した水俣の情報を手がかりにできるかもしれない。

そこへ着信音が鳴った。土橋の携帯電話だった。二人は図書館を出た。路上で土橋が携帯を操作しながら告げた。

「ニゴリ、メモしろ。捜査本部からメールだ。再び犯人からの書状が新聞社に届いた」

土橋がメールを読み上げていった。亜坂は内容をメモした。新聞社に届いた書状は前回と同じく封書。投函先も晴海と銀座で、スタンプの時刻も同じだった。合言葉の百匹の踊る猫が添えられているため、同一人物だと思われるという。

「詳しい文面は夜の捜査会議でコピーが配られるらしいが、書状には汚染行為に関する犯人の意見が記されているそうだ」

「やはり告発でしょうか」

「そうだ。過去にあったいくつもの汚染行為が、わずかな時間ですぐに忘れられていくこと。報道は束《つか》の間《ま》それを追うが、すぐに新しい事件に飛びつくこと。そして同じような行為が反省もなく繰り返されること。それらに義憤を感じるという内容だ」

「水俣も同じ経緯ですね」

「それと、めぐみちゃんの自筆らしい文章のコピーが同封されていた」

「めぐみちゃんの無事を示せという、こちらからの申し入れへの回答ですか」

「筆跡は鑑定中だが、本物の可能性が高いらしい。手紙には、犬と一緒で無事だと書かれているそうだ」

「本当ですか」

亜坂は思わず漏らしていた。今の話が事実なら少しは気が休まる。土橋は携帯を上着のポケットに収めながら続けた。

「以上の内容は犯人の要求で、夕刊に掲載される」

亜坂は新たな展開を見せている事件に気がはやった。理沙と歳《とし》が変わらない少女、めぐみちゃんを少しでも早く救出してあげたかった。なにから手をつけるべきか、しばらく考えて亜坂は尋ねた。

「改めて聞き込みに向かいますか」

「聞き込みはいいが、とっかかりが必要だ」

土橋は前置きすると、いつものようにメモを取り出して熱心に読み直し始めた。

「なにか手がかりがあるはずだ」

土橋の行動に亜坂自身もメモを改め直した。百匹の踊る猫に関しては調べがついた。しかし、まだ解決されていない内容が書き留められている。

『なぜ告発状はテレビでなく新聞社に届いたのか』

『慎重なはずの犯人が、なぜ昼間に車を盗んだか』

気になることばかりだが、これといってとっかかりになるものは見当たらなかった。

それでも亜坂は再びメモを頭からめくり直した。ふと目に留まる単語があった。

『天候』

土橋と発見した犯人の監視場所、雑居ビルの屋上にいたときのメモだ。鍵が壊された日の天気が晴れだったことはすでに調査済みだ。だが、そのメモがなにかを告げているような気がした。

空気の動き。しばしば頭に浮かぶ黒い粒子。理沙の流れる髪。亜坂の頭に一連の記憶と共に猫の歌がよぎった。

「百匹の、踊る猫は、告げていた。風が吹くと……」

亜坂はそれを口に出して唄ってみた。奥多摩の林道で自分は歌の続きを考えた。空気の動きと理沙の髪の連想から。今、それが捜査のとっかかりにつながった。

「そうだ。猫は告げていた。しかし風ではなかった。水俣病についてだ」

土橋が訂正した。

「いえ、あながち見当違いではないかもしれません。犯人は九州でゲリラ豪雨があった日に誘拐を実行しています。西からの雨が近づき、あの日、東京は風が少しありました」

土橋の勘は鋭かった。

「焼けた金属粉のことか。風が運んだといいたいのか。燃焼していたマグネシウムとアルミニウムは空からだと」

土橋はしばらく考えて亜坂に指示した。

「お前の電話はいろいろと調べられるんだよな。東京近隣の火事を調べろ」

「なぜ東京近隣なのですか」

「事件の時間経過から考えると、犯人が他府県にいる可能性は低い。相手はめぐみちゃんを誘拐して、髪の毛を同封し、晴海と銀座で朝一番に書状が回収される前に投函した。遠方にいたのでは難しい行動だ」

亜坂は土橋の指示でネットのニュースサイトを検索していった。条件が合致する火災を探した。

「ありました。調布《ちょうふ》のマグネシウム加工工場が火事を起こしています」

そこまで述べて付け足した。

「ただし事件発生の二日前、七月十八日の土曜日なんです」

土橋が叱責した。

「結論を急ぐな。事前に室内に運ばれていたのが付着したかもしれないし、切手だけ先に封筒に貼ったのかもしれない。ひとつずつ潰していくんだ」

なぜか土橋の叱責が今は気にならなかった。

「とにかく唯一の手がかりだ。追いかけることにしよう」

土橋の指示に亜坂は問い返した。

「池ですか」

「いや。火に詳しい刑事のいるところ。つまり消防署だ」

うなずく亜坂に、土橋が告げた。

「ニゴリ、聞き込みはお前がしろ」


二人は荻窪から環八《かんぱち》を下り、甲州《こうしゅう》街道で調布に向かった。火災を担当した調布消防署は市役所の近くにあった。

「十八日のマグネシウム加工工場の火事について、お訊きしたいのですが」

亜坂は署に入ると、手近な人間に警察手帳を示して声をかけた。

「ああ、こないだの火災ね」

尋ねた相手は火事のことをよく記憶しているらしい。火災原因の調査官に思えた。亜坂は続けた。

「どんな火事だったのですか」

「調べによると放火じゃなくて事故だったね」

相手はそう答えると苦々しい顔をした。亜坂は相手の様子に尋ねた。

「なにか気になることが？」

「厄介な火災だったんだ。発生時から翌朝まで燃え続けてね」

「そんな大規模な火事だったのですか」

「規模じゃなくて質なんだよ。マグネシウムってのは、水をかけると爆発するんだ。だから、消火が難しい」

火事の様子が想像できなかった。亜坂は重ねて尋ねた。

「すると長時間、炎や煙が続いたんですか」

「ああ、空高く炎が上がり、煙もひどかった」

もうひとつ確かめておくべき内容があった。

「その工場には、マグネシウム以外にアルミニウムもありましたか」

「あったはずだよ。金属加工工場ってのは、いろんな素材を使うから」

岸本の報告と合致する内容だった。隣で聞いていた土橋がうなずいた。亜坂は署員に礼を述べると外へ出た。

「気象庁に電話しろ」

土橋が指示した。

「火災当日の風の様子を尋ねるんだ。それと金属粉が風に運ばれるのは、どのくらいの範囲か。何日ぐらい空に滞留するかも」

亜坂は番号を検索し、事情を説明して話を聞くと報告した。

「火災当日は、南東の風が強かったそうです」

「消防の話と合わせると、金属粉は北西へ空中高く舞い上がったことになる」

「金属粉が微細なものであっても、上空に何日も残ることはないそうです。ただし、当日の風なら、数十キロ以上の広範囲に運ばれる可能性があるそうです」

亜坂は説明しながら落胆していた。猫の一件でここまでたどりついたが、数十キロ以上の範囲では調べのつけようがない。

「ニゴリ、お前は今、空振りに近いと感じているだろ」

土橋は停めてあった車に向かいながら告げた。

「だって土橋さん、北西に数十キロとなると、犯人のいた場所を突き止めるには広すぎますよ」

「確かに広範囲だ。調布から北西へ数十キロなら、少なくとも八王子《はちおうじ》までが対象になる」

「どうしようもないと思います」

土橋は立ち止まると、唐突に告げた。

「お前は警官を辞めたいと考えているのか？」

胸中を突かれて亜坂は思わず返答した。

「なぜ分かるのですか」

土橋はかすかににやついた。

「確かに徒労に思える。だがな。またひとつ情報が増えた。どう思う?」

この質問がきたということは、土橋はなにかを摑《つか》んでいる。しかし亜坂にはピンとくるものがなかった。

「分かりません」

いつものように答えた。しかし意図は別にあった。亜坂は土橋の言葉を待った。

「犯人は高層階に住んでいる可能性がある」

土橋はにやついている。亜坂はさらに言葉を待った。

「ニゴリ、お前は近所で火事があったとき、窓を開けているか」

土橋の考えが、ようやく理解できた。土橋の顔をまっすぐに見つめた。

「だよな。煙たいし、火の粉でも飛んでくると怖い。一方で延焼の危険性がない距離にある平屋だったら、窓を開けていても金属粉が風で運ばれてくる可能性は低い」

「つまり犯人は、火災現場からは安全と思われる程度の距離があり、なおかつ窓から金属粉が風に乗って運ばれる場所にいた。だから高層階に住んでいるのですね」

「なぜ、お前が刑事に向いていないと考えていて、辞めたいと思っているのが分かったと思う?」

「分かりません。なぜですか」

亜坂は率直に訊いた。勘の鋭い土橋がなにを根拠に自身の心理を把握したのか、しりたかった。

「俺もそうだったからだ。いつも分かりませんと答えたものだ」

亜坂は絶句した。今までの土橋の捜査を思い浮かべる。このベテラン刑事も今の自分と同様だったというのか。

現場近辺を何度も歩き、幼稚園でさえ聞き込みをし、犯行車両が見つかれば飛んでいく。そしてひとつずつ可能性をつぶし、真実を探っていく男。まるで狩猟犬のように、わずかな匂いを手がかりに獲物を追っていく刑事だ。

――この屈することをしらないような刑事も、若い頃は辞めたいと思ったのか。

土橋がうなずいた。こちらの思いが分かっているかのようだった。

「ニゴリ、お前は今、なにを考えている？　頭の中になにが浮かんでいる？」

脳裏にいつもの粒子がかすめた。亜坂は正直に答えた。

「黒い粒です。蚊柱のように集まって声にならない声で私のことを嘲笑するんです。駄目な奴《やつ》だなと。そいつは間違っていません。ただひどく冷徹なんです。まるでしゃべる羽虫みたいな奴です」

「頭の中に虫が住んでいるのか」

土橋が笑った。

「俺のときは記号だったな。大きな石のバツ印が降ってきた。漫画みたいだろ?」

亜坂も笑った。そして理解した。もしかすると同じかもしれない。土橋も指摘されたのだ。例の先輩に。そして同様の話をされた。俺も若い頃は辞めたいと思っていたと。

「さて、これからどこへ向かうべきか。ニゴリ、分かるか?」

亜坂は答を確信した。

「現場です。池」

「そうだ。犯人が高層階に住む人間だとしたら、それを材料に新たな情報が聞き込めるかもしれない。捜査が壁に当たったら、必ず池に戻ってやり直すんだ」

土橋はそう告げて車に乗り込んだ。


亜坂と土橋はマスコミでごった返す佐々木家の手前で車を停め、徒歩で家へ向かった。

「すごい騒ぎですね」

「犯人から二通目の書状が届いたんだ。取材陣はめぐみちゃんの無事を確かめたいんだろう」

「ブラッキーに関しては極秘扱いですよね」

「そうだ。だが、あの手口でめぐみちゃんを誘い出したのは確実だろう」

「めぐみちゃんは犬と一緒だと書いています。それが本当なら、まだめぐみちゃんは」

「そうあってほしいな」

　土橋がつぶやいた。二人は被害者宅へ近づいていった。

「ハシゲンさん」

　背後から声がかかった。振り返ると前回、情報を打診してきたS新聞の前田だった。

「まいりましたね。犯人がまた書状を送りつけてきたそうじゃないですか。我が社を除いた三紙に。まったくやってられませんよ。どうしてウチだけを除《の》け者扱いにするんですかね」

　前田は顔をしかめた。犯人の行為が相当悔しいらしい。なんとか他紙を出し抜ける情報を入手したいと思っているのだろう。内容が愚痴っぽくなっている。

「こっちに恨みでもあるのかと思いますよ。なにか情報をもらえませんか。確かに我が社は、もう夕刊を発行していません」

　前田は愚痴を続けた。

「だから迅速な報道は他紙に後れを取ります。しかしその分、朝刊に手間暇を割いて、詳細な記事にできるんですよ」

　土橋は苦笑しながら答えた。

「他紙にトップ記事を抜かれるのはお互い様じゃないのか。新聞社なら、いつものことだろ？」

横で聞いていた亜坂の脳裏に電気が走った。思わず前田に告げていた。

「ちょっといいですか。伺いたいことがあるのですが」

亜坂は土橋を見た。土橋は亜坂の様子から理解したのか告げた。

「車の中で話そう」

二人は前田とともに車まで引き返し、乗り込んだ。亜坂の脳裏には老人ホームでの光景がよみがえっていた。老女に猫の話を聞いたときだ。

学校から帰る児童の声が聞こえると、老女はいった。

『いつものこと。新聞や牛乳の配達並みの正確さよ』

先ほどの前田の言葉が老女の言葉と、にわかに結びついたのだ。

「そちらの社は、夕刊を発行していないのですね。だからじゃないんですか。犯人が書状を送らなかったのは」

質問に土橋が反応した。

「ちょっと待て。今、メモを出す」

土橋が背広のポケットを探った。土橋も気が付いたのだ。しばらくメモを見つめ、前田に尋ねた。

「確か各社の夕刊の締め切りは報道協定で昼過ぎ、一時十五分に決められていたな」

「ええ、それ以降に発生した事件は、各社間の約束として、夕刊の記事には掲載されません。朝刊の場合は深夜一時十五分」

前田は怪訝《けげん》な口調だった。当然だ。前田にとってはごく当たり前のことだからだ。

「ニゴリ、メモを出せ。照らし合わせる」

土橋が告げた。亜坂はポケットからメモを出した。

「いいか？　事件発生は？」

「二十日、夕刻です。翌火曜日、正午近くに新聞社から裏取りの電話が被害者宅に入りました」

土橋がうなずくと告げた。

「最初の犯人からの書状は？」

「晴海と銀座の消印の速達で、午前零時から八時のスタンプです。記者会見が一時頃でした」

「二度目の今日の場合も同じ動きだったはずだ」

土橋は亜坂の答に大きく息を吐いた。そして前田を見つめた。

「お前の新聞社に郵便が届くのは、何時くらいなんだ？」

「大手町《おおてまち》の本社には午前に一度。午後に一度ですが」

「どこから届く？」

「銀座郵便局ですよ」

猟犬の本能が目覚めたらしい。土橋が話をリードしている。亜坂は土橋にまかせることにした。前田はというと、まだしっくりきていないらしい。しかし、なにかあると記者の勘が告げているのだろう。話の続きを待っている。

「届いた郵便はすぐ開封するのか。例えばそんな係があるのか」

「専門に担当する係はありませんよ。自分宛のものは自分で。部宛のものは手の空いている者か、興味が湧いた者が受け持ちますかね。まあケースバイケースですね。必要性が分かっているものは別ですが、それ以外は急いで手をつけるかな？　新聞社の社会部には一日に何十もの電話や手紙がありますから」

「すると何日も置きっぱなしのこともあるんだな」

土橋は核心を確かめた。

「お前だったら、どんな差出人ならその場で開封する？」

前田は少し考えた。

「そうですね。ガセネタではないと思える身元が確実な人物、あるいは著名人」

答えてから前田は小さく叫んだ。

「そうか。だから東京地検特捜部だったのか」

土橋は前田にうなずいた。

「ここでの会話はオフレコだ。いいというまで書くな。だが今の質問で、お前も相手がどんな奴かうっすらとわかっただろう」

前田は眼鏡《めがね》の奥の目を細めるとうなずき返してきた。

「捜査に協力してくれた見返りは必ず用意する。ただし、ことは誘拐事件だ。公開捜査とはいえ、被害者の身柄を確保するまでは我慢してくれ」

「分かってますよ。相手は五歳の少女を人質にしてるんです。許せる奴じゃない。必ずホシをあげてくださいよ」

前田はそう告げると車を降りた。

「あれも一種の刑事だな」

土橋は前田を目で追いながら告げた。

「なにかバーターを考えておかないとな」

土橋は視線を亜坂に戻した。

「それにしてもニゴリ、よく気が付いたな。大金星だ。昨夜、なにを喰《く》った？」

「塩分はそれほど摂《と》ってませんよ。図書館を出てメモを読み直したとき、頭に残っていたんです。なぜテレビではなく、新聞社だったのかが」

亜坂はほめられてまんざらでもなかった。同時に、土橋が何度もメモを読み返せと命じた意味が実感できていた。土橋は得られた結果を整理し始めた。

「犯人が新聞による書状の全文掲載を要求したのは、テレビよりも詳細に報道させ、告発をきちんと伝えたかったからだろう。文字による情報は耳で聞くよりも理解度が深いからな」

「それにテレビでは、どうしても放送時間に制限がありますからね」

亜坂も内容を確認し直すことにした。

「一方で、新聞には締め切りがある。犯人は誘拐を実行した以上、できるだけ早く、事件のことを世に問いたいだろう。身代金目的ではなく、告発だからな」

「早く、詳細に、ですね」

「となれば、書状は締め切りに間に合わなければならない」

「しかし、急ぐにしても自分が直接届けるのでは、足が付く可能性があります。第三者に頼んだとしても、記憶されれば危険です」

「今回の場合、誘拐後、もっとも早く報道することができるのは夕刊だった」

「犯人は午後一時頃の締め切りをしっていて、それに間に合うように書状を開封させたかった」

重要な点はここだと亜坂は思った。

「確かめてみます」

亜坂は地図を調べ、今いる地区の郵便局本局へ電話をかけた。事情を聞き終えると土橋に報告した。

「速達は定時配達とは別便で、都内から都内ならその日の内に届くそうです。同一地区の集配を受け持つ本局で、朝一番の仕分けなら午前中に配達されます」

「さっき前田がいっていたように、ガセネタではないと思われる差出人、社会的に信頼できる者。それを騙《かた》れば開封する可能性が高いと犯人はしっていた」

「それだけではなく、新聞社にいつ頃手紙が届くか。犯人はそれを把握していて、締め切りに間に合うように、新聞社への郵便物が最短で回収・配達される地域で投函した。しかも短時間で記事にしやすいように、汚染事件の資料や裏取りできるように被害者宅の電話番号も添えていた」

亜坂は土橋を見つめた。

「とても詳しいですね」

土橋はうなずいた。

「素人《しろうと》じゃない」

亜坂は結論を予測していた。

「犯人はマスコミ関係者だ。しかも新聞の。告発目的は嘘《うそ》じゃない。そして高いところに住んでいる」

土橋にそこまで告げると亜坂を見つめた。

「電話だ。中上管理官に連絡するんだ」

「新聞関係者で、汚染問題と関係があった人間をリストアップしてもらうんですね」

土橋がうなずいた。亜坂の携帯電話を押す指が震えた。事件は急展開を始めている。

――ここからだ。一気に犯人をあげてやる。

これまで味わったことのない興奮が体を突き動かそうとしていた。亜坂は強く息を吐いた。

四

亜坂らの連絡によって夕方四時、K署の講堂で臨時の捜査会議が設けられた。二通目の書状は、すでに早版の夕刊紙面に掲載され、壁に貼り出されていた。

事件は進展した。会議ではおそらく徹底捜査にかかる指示があるだろう。理沙が気がかりだったが今晩、帰宅できる可能性は低い。つらい思いをさせるが昌子の家に預けるしかない。

亜坂がそう自覚していると、講堂にトップ陣が現れた。ひな壇に並んで座る。中上管理官が口火を切った。

「いくつか情報がある。まず鑑識から報告してもらう」

指示に岸本が立ち上がった。

「本日、新聞社に届いた二通目の書状について報告します。科捜研の調べによると、今回の速達には前回のような金属粉は付着していませんでした」

頭を切り換えると亜坂はメモした。今の報告が意味することは、犯人は一通目の書状のときだけ、金属粉と接触する状態にあったということだ。となれば、近くで触れたり、仕事で関わる可能性は低いことになる。つまり犯人は偶発的に燃えたマグネシウムとアルミニウムに接触したと考えられる。

偶発的にせよ、燃焼した金属粉との接触が頻繁に起こるとは思えない。やはり火災だ。風が物証を運んだのだ。亜坂には土橋とともに調べた内容が裏付けられているように思えた。

「同封されていた手書きの文字は筆跡鑑定の結果、めぐみちゃん本人のものだと同定されました。これから書状その他のコピーをお配りします。報告は以上です」

岸本の言葉で鑑識の数名が紙片を配り始めた。手元にきたコピーは数枚がワンセットになっていた。最初のコピーは犯人の使った封筒。続いて書状だった。

『当方は佐々木めぐみを誘拐した者である。再び告発状を送る。汚染行為に関する新聞・テレビなどの報道について強く通告したいことがある。

当方の要求は汚染行為を世に伝え、告発することである。しかし先の報道では汚染の本質に関する問題提起があまりに浅い。汚染行為の中でもとりわけ環境汚染が問題であることを肝に銘じてもらいたい。

環境汚染は生態系を冒すため、長期にわたって広範囲に影響が続く。また原因の特定も困難である。しかし企業もマスコミも、社会全体がその理解を深めていない。その象徴が今回の新邦化学の犯した事件である。

古くは足尾《あしお》銅山事件に始まり、我が国では数々の汚染問題が繰り返されてきた。しかし、汚染に関する意識は未《いま》だに旧態依然としている。一九六八年、日本第一号の公害病に認定されたイタイイタイ病でさえ、そもそもの発生は大正時代と推定されているのにもかかわらずだ。

岐阜県神岡《かみおか》鉱山から流出したカドミウムに汚染された米を食べて、イタイイタイ病の患者らは発病した。しかし患者らが大正の頃から、どれほど痛いと訴えても、一九六八年に至るまでこの国では痛みの声は聞き入れられなかった。

イタイイタイ病患者は、現在でも新規患者の認定が続く。それほど被害は長期にわたるのだ。一方で岐阜以外の各地の鉱山・精錬所周辺で発見されている発病は、公害病として認定されていない。長く放置した上、新たな発病を認めないとは反省が皆無としかいいようがないではないか。

他にも水俣病、ヒ素ミルク事件、カネミ油症など、水銀、ヒ素、ダイオキシン類などによる汚染事件は、繰り返し発生している。今回、新邦化学を告発しなければ、この国の企業、報道機関を含めた社会そのものが、いつまでも過ちを続けるだろう。

糾弾である。過去にあったいくつもの汚染事件は、すぐに忘れられていく。痛みの声に耳を貸さずに。報道は束《つか》の間《ま》、それを追うが、すぐに新しい事件に飛びついていく。継続している危険性に目もくれずに。

すべての人々に告げる。この告発を心にとどめよ。いつまで繰り返すのか。義憤を感じないのか。断罪せよ。罪人も自身も含めて。

尚《なお》、本状に捜査側からの申し入れに応えるものを同封する。また要求は変わらずに以下である』

犯人は前回同様に書状の全文掲載、汚染行為の報道、新邦化学事件の解決までの公開捜査を要求していた。それを呑《の》めばめぐみちゃんの安全は確保すると記しているのも同様だった。文面の最後には猫の合言葉が添えられている。

犯人がイタイイタイ病を取り上げている反面、水俣病について詳しく触れていないのは、猫の合言葉の真意が明かされ、犯人像につながるのを恐れてだろう。逆にいえば犯人は汚染事件に詳しく、水俣病に関わった可能性がある。

　亜坂は複雑な心境だった。書状の訴えには同感できる。しかし、だからといって幼い少女をさらうのは間違っている。汚染行為に巻き込まれた人々の痛みが理解できるのなら、さらわれた少女とその家族の痛みも理解できなければならないはずだ。陰鬱な思いで紙片をめくった。最後の一枚はめぐみちゃんの手紙だった。短く、つたない文字だった。

『めぐみはだいじょうぶ。こわくない。ブラッキーもいる』

　ほんの一文が心に突き刺さる思いがした。中上管理官が続けた。

「次に、捜査方針にも関わる報告をしてもらう。K署の亜坂巡査」

　中上の指名があった。亜坂は隣に座る土橋を見てから立ち上がった。

「百匹の踊る猫について調べた結果、水俣病の第一報道が該当すると考えられます。水俣病も今回の犯人の書状にあるように、社会の認知が浅いために被害が拡大した事件です。猫の合言葉は犯人の告発を端的に示すもので、二通の書状にあるように犯人は汚染行為に強い問題意識を抱いていると想定されます」

　視線が感じられて亜坂はそれを探った。離れたパイプ椅子に座る垣内が鋭い目でこちらを見ていた。亜坂は続く核心を述べるべきか、土橋を見やった。土橋はうなずいた。

「また書状の経緯を聞き込んだ結果、新聞社の夕刊記事の締め切りが午後一時十五分であることが分かりました。犯人が東京地検特捜部の名を騙《かた》ったのは、締め切りに間に合わせるための工作だったと思われます」

前列に座るトップ陣の中でも香坂署長が何度もうなずいている。亜坂は続けた。

「切手に付着していた燃焼金属粉ですが、事件発生の二日前に、調布市内でマグネシウム加工工場の火災が発生しています。つまり燃焼金属粉は、風によって運ばれた模様です。以上の点から、犯人は新聞関係者で、汚染問題に関わった人物。高層階に住む可能性があると考えています」

亜坂は報告を終えると着席した。中上管理官は香坂署長と視線を交わし、口を開いた。

「犯行車両の足どりについて説明しておく。Nシステムの走行記録だ。川崎で盗まれたバンは世田谷《せたがや》区方面へ向かい、その後は犯行当日まで記録がないため、区内に停められていたと思われる。具体的な場所はまだ特定できていないが、犯行時に被害者宅へ向かい、その足で奥多摩に乗り捨てられたと考えられる」

推理していたとおりだと亜坂は思った。おそらく実行時まで車がどこにあったかは分からないだろう。犯人は監視カメラに関して慎重だ。手がかりを残すとは思えなかった。

つまり、これ以上バンによる足取りを捜査しても展開がないことになる。盗まれ、使われ、捨てられた。それ以降、バンは事件とは関係なくなったのだ。

「奥多摩以降の足取りは、関係各署が候補となる車について調べているが、まだこれといった報告は届いていない」

例の黒い乗用車、F社のセダンを含めた車両のことだ。亜坂はその内容をメモした。

「これからの捜査方針を伝える。諸君には、金属粉や新聞記事に関する報告を踏まえた徹底捜査をお願いしたい」

やはり夜を徹しての捜査に入るのだ。伯母《おば》にメールしておかなければ。アップルパイに歓声を上げ、風呂で歌を口ずさんでいた理沙の顔が脳裏に浮かんだ。次に理沙と会えるのは何日後になるだろうか。

脳裏に黒い粒が雲霞《うんか》のように広がり、蚊柱となる。粒子は記号となり、羽音を鈍く響かせた。

《放ったらかしか》

責めるような羽音は蚊柱の中心から亜坂を凝視しているようだった。亜坂は硬直した。

「現時点で犯人を逮捕するための物的証拠はない。被害者と一緒でなければ現行犯逮捕は難しい。従って、容疑者に関しては任意の事情聴取が基本となる」

中上の声が亜坂を救った。声に黒い粒子が薄れて、消えていった。亜坂の胸に沈鬱な思いが残された。

「また容疑者ばかりでなく、近隣の住人などの聞き込みも徹底してほしい。すでに関係方面の協力を得て、汚染問題に関わった新聞関係者をOBまで含めてリストアップしてもらった」

講堂のどこかから声が漏れた。

「大潮か。眠れねえぞ」

確かにつらい仕事だ。リストの人間が何人にのぼるかは分からない。新聞は中央紙、地方紙、専門紙と多岐にわたる。数百人になることは確かだろう。それをこれからひとつずつ潰していくことになるのだ。

「捜査は機動捜査隊や各署の応援を得て、百人態勢で臨む。協力を要請している方面には、すでにリストが振り分けられている。分かっているだろうが、誘拐事件は時間との戦いだ。極力、急いで臨んでくれ。そのために、調査は高層階に住んでいる者から始めてほしい」

中上管理官の言葉でリストが配られ始めた。

「リストの人物への捜査が終わるまで、会議は休止とする。それではこれから割り振りを発表する」

手元に届いたリストは数十枚に及ぶずっしりしたものだった。氏名、年齢、住所、電話番号、新聞社名が表組みになっている。

「本庁捜査一課の土橋巡査部長、K署刑事課の亜坂巡査は多摩地区」

二人が担当となったのは多摩地区、府中《ふちゅう》方面だった。中上の指示で講堂の人間が一斉に立ち上がった。


「どれから当たりますか」

亜坂は署を出て車に乗り込むと土橋に尋ねた。

「そうだな。効率よく回れるよう、地図と住所を照らし合わせてみよう。ニゴリ、お前はとりあえず車を府中へ向けてくれ」

土橋はダッシュボードにあった地図を取ると、リストと比較し始めた。亜坂は新小金《しんこがね》井《い》街道へ車を向けた。署から府中までは二キロほどだ。あっという間に到着するはずだ。

「深夜までかかることになるだろう。しかし家の明かりが点《つ》いている間は聞き込みができる。消えていたら翌朝に再訪だ。そうやって一軒ずつ潰していくんだ」

土橋は捜査の方法を伝えた。府中にはすぐ着くはずだった。しかし、車が新小金井街道へ入った途端、亜坂の予想は裏切られた。幹線道路である新小金井街道は、夕方とはいえ混み方が尋常ではなかった。

道路に列となった車両は歩行者並みの、のろのろとした進み具合で、営業車よりも乗用車が目立った。亜坂が道路を変更しようと考えときは、すでに後続車に車間をせばめられ、身動きがとれない状態になっていた。

すぐ前方の信号にさえたどり着かず、何度も停車を繰り返した。しかしサイレンを鳴らして目的地へ向かうことは犯人の心理を考えるとはばかられた。

警察無線がしきりに鳴っている。各地ではすでに捜査が開始されたらしい。状況が報告されているが、実施されている聞き込みはどれも空振りらしかった。

つけっぱなしのカーラジオからは、事件について報道が流れてくる。二通目の書状に関してで、めぐみちゃんの安否を気遣う内容だった。事件を巡る状況は慌ただしい。亜坂はハンドルを握りながら、停まったままの車中で吐息をついた。

現代はネット社会だ。警官が聞き込みにおとずれたとか、事件を匂わす質問を受けたと書き込む者がいてもおかしくない。犯人がそれを読み、大規模な捜査が行われているとしったら、めぐみちゃんの危険度は増す。少なくとも犯人の逃走は確実だ。

亜坂の焦りとは裏腹に、道路の混雑は一向に変わらない。少し先の信号がまた赤に変わり、車の列が停まった。亜坂はまた息を吐いた。

「リストの数は半端ではありません。まるで海岸から砂を一粒見つけ出すみたいです」

亜坂は思わず弱音を漏らした。土橋はリストから顔を上げるとかすかに笑った。

「焦ることはない」

「しかし無線では先ほどから空振りが続いています。もし犯人がネットかなにかで勘づいたら」

「この犯人は逃げない。すくなくともめぐみちゃんに手を下すことはない」

「なぜですか。どうしてそう思うのですか」

「正義だ。正義は逃げない」

——誘拐犯なのに正義？

亜坂はいぶかった。土橋は監視場所だったビルの屋上で、犯人の行為を許すことはできないと述べていたはずだ。

「いいか、ニゴリ。相手に逃げるつもりがあったなら、とっくにそうしているだろう。しかし犯人は二通も書状を送ってきている。どう思う？」

土橋には確信があるのだ。いつものように答えよう。先をうながすのだ。

「分かりません」

土橋が小さく笑った。

「おいおい、忘れたのか。ニュートンだよ。犯人は池に石を投げ続けている。なぜだ」

作用と反作用を考えろというのだ。犯人は書状を送り続けている。それが作用だろうか。するとその反作用は。そしてそのエネルギーは。

「なぜですか」

「ギブアップするのが早いんだな」

確かに土橋の指摘通りだ。いつ頃からか、俺はあきらめることが習い性《せい》になっている。

亜坂はそれを自覚した。

「続けたいんだ」

土橋が告げた。

「犯人は事件をできるだけ続けたいんだ。相手が告発を意図しているのは真意だと理解しただろ。ある意味で、犯人は自分の行為を正義だと考えているんだ」

土橋が示唆した正義の意味を亜坂は理解した。確かに犯人は、新邦化学事件が解決するまで公開報道を要求している。つまりそれは警察の動きをしるためばかりでなく、告発報道を継続させる狙いがあると土橋は考えているのだ。

「人にはそれぞれ正義がある」

土橋がつぶやいた。

「中上管理官もそんな犯人の心理を踏まえた上で、徹底捜査を指示したんだろう。でなければ、被害者の身柄保護は難しい」

再び前方の信号が赤になり、車が停まった。

「ニゴリ、お前にとっての正義とはなんだ」

虚を突かれる質問だった。即答できずに視線を泳がすと、浴衣《ゆかた》姿の男女が目に付いた。脇の歩道には親子連れが歩いている。母親に手を引かれた少女。真新しい浴衣で綿菓子を持っている。車両の混雑に焦っていたため、周りが見えていなかった。

「あの子はめぐみちゃんと同じくらいでしょうか。早く救出してあげたいと思います」

土橋がうなずいた。

「夏祭りかな。俺も子供の頃、楽しみにしていた。近くの八幡《はちまん》神社で盛大なのがあってな。提灯《ちょうちん》がたくさん並んできれいだった」

土橋はしばらく黙り、おもむろに告げた。

「我々の正義とは、義憤にかられて社会に告発するタイプのものではない。綿菓子や夏祭りを楽しめるための正義だ」

亜坂も同感だった。理沙の顔が脳裏をかすめた。同時に被害者宅で亡霊のようだった母親の顔を思い出した。

信号が青になった。亜坂は車を左折させ、裏道に停めた。浴衣姿の人々を眺めているうちに、気にかかることが浮かんでいた。行き交う人々が、ときおり空を気にする仕草を見せている。なにかが頭の中でもやもやしていた。土橋が尋ねてきた。

「どうした、なにかひらめいたのか」

「分かりません。でも気になるんです。すぐ済ませます。いいですか」

「分からないのか、それとも分かったのか、どっちなんだ」

土橋がからかった。そして告げた。

「いってこい」

亜坂は車を降りると幹線道路の方へ戻った。歩道を浴衣姿の女性が二人連れで歩いてくる。亜坂は声をかけた。

「ちょっとおうかがいします。今日は近くで夏祭りですか」

声をかけられた二人は怪訝《けげん》な顔をした。

「地元の者ではないんです。随分、車が混んでいるんで道を変えようかと思って」

亜坂の説明に二人は納得したらしい。一方が口を開いた。

「夏祭りじゃなくて花火大会なんです、府中の。縁日もたくさん出て、人が多いですよ。道を変えた方がいいですね」

亜坂は礼を述べると車へ戻り、土橋に告げた。

「当たりかもしれません。今、調べます」

調布の火事と気象庁に聞き込んだ内容が頭によみがえっていた。亜坂は考えが正しいかどうか、脳裏に浮かんでいる単語を携帯電話で検索した。金属粉に関するものだった。続いて亜坂は事件発生の日時、東京近郊とキーワードを打ち込んでいった。結果、推理は裏付けられた。

「これです。事件発生の七月二十日の夜。立川の昭和記念公園で花火大会をやっています。工場の火事だと思っていましたが、花火という可能性もあります。今、調べたんですが、花火に色を出すのに銀色にアルミニウム、さらに色を明るくさせるのにマグネシウムを使うようです」

土橋がうなずいた。

「浴衣姿を見て思いついたのか。なかなか目が利くじゃないか。花火の材料なら当然、燃焼するな」

「工場の火災と事件発生の時間差が気になっていたんです」

「気象庁の話じゃ、金属粉が何日も空中に滞留することはないんだったな。確かに当たりかもしれない」

土橋は手にしていたリストを改めだした。

「メモしてあるな、相手には地の利があるかもしれないと。国分寺と立川は近い。バンを乗り捨てた奥多摩にも。やはり地元だったんだ。だから綿密な計画が可能となった」

土橋は告げながらリストを目で追っている。

「花火の打ち上げは、安全を第一にするはずだ。風が強い日は中止する。となれば燃焼粉は近隣に届く程度だろう」

リストを繰る土橋の手が止まった。

「高いところに住んでいる奴《やつ》から当たろう。立川だ」

亜坂は車を立川国分寺線へ向けた。土橋がつぶやいた。

「ニゴリ、お前の目は鼻に通じている。だから手がかりを嗅ぎ取る。刑事として大切な才能だ」

亜坂は面映《おもは》ゆかった。同時に気が付いたことがあった。

——俺にも猟犬の本能が芽生え始めたらしい。


皿に葉物を中心としたサラダが盛られていた。あなたが作ってくれたものだ。私はそれを半分残して食事を終えた。さすがに食欲が湧かなかったからだ。

リビングのソファに目をやると、少女と子犬が眠っている。私はしばらく考えた。そして子犬も連れていくことにした。犬に罪はない。それに犬と一緒だと少女も騒がないだろう。

先ほど私は、あなたと言い争いになった。ポルトガル語で。あなたのポルトガル語は片言だ。だから口調が硬い。しかし主張はおおよそ、こんな内容だった。

「どうして高飛びしなかったのか」

「渡した金でこの国を出た方が安全だし、お互いのためだった」

「明日は約束通り、出国しろ。いつまでもお前がいると事件に足がつく」

確かに当初、私はここに戻るつもりはなかった。あなたとの約束通り、日本を離れるつもりだった。しかし、あなたと計画を進めるうちに、考えが変わった。あなたの手際は並みはずれてよかった。考えたとおりに準備が進み、考えたとおりに計画が運んだ。

それを目《ま》の当たりにして、私はあなたから手法を学習できた。あなたと同じようにやれば、私が求める結果は得られる。私一人でも続けることができる。そんな自信がついていた。だからここに戻ってきたのだ。

すでに大急ぎで準備は整えた。後は実行するだけだ。あなたがテーブルの皿をキッチンへ運んでいった。洗い物を始めるのだろう。私はその後ろ姿を見つめた。ふと脳裏に大きな川が浮かんだ。

川には船が点々と浮かんでいる。船は艀《はしけ》のように平たい。上に乗る船室は四角い。天井に煙突があり、煙が立ち上っている。一見すると、小さな町工場が川に浮かんでいるようだ。しかし、ここは工場地帯ではない。大切な川なのだ。

「ガリンペイロ」

私は一言つぶやき、回想を終えた。小さな溜息《ためいき》が口をついて出た。椅子から立ち上がり、鞄《かばん》を持ち上げる。鞄はがさりと重たく鳴った。その鞄を持って、私はあなたがいるキッチンの方へ向かった。

立川で高層階に暮らしているリスト内の人物を数名、当たった。しかし候補者本人はもちろん、近隣の住人に聞き込んでも、これといった成果はなかった。めぐみちゃんの姿も、一緒にいるはずの子犬の情報も得られなかった。土橋は続く対象者を述べた。

「次は花火大会のあった公園に近いマンションだ。部屋は八〇三号室。候補者は田村和美《たむらかずみ》。元Ａ新聞記者。男か女か。リストではかなりの歳《とし》だ」

　車は昭和記念公園に面した高層マンションの前に停められている。ＪＲ立川駅と青梅線西立川駅の中間地点だった。

　時刻は午後七時過ぎ。芝の広がる広場と、等間隔に植えられた樹木は、夜でも水銀灯に照らされて緑を示していた。車を降りた亜坂はマンションの入口に向かおうとした。それを土橋が制した。

「まず周りを確かめるんだ」

　土橋はマンションの裏手へと向かった。亜坂も続いた。

「ここも池のひとつといえるだろ？　まず犯人が歩いたかもしれない経路に沿って、周りを確かめてみるんだ。なにか手がかりを拾えることがある」

　今の説明も、土橋が先輩に教わった捜査手法のひとつなのだろう。亜坂は土橋の言葉にうなずいた。マンションの裏手には、電熱に関する設備機器が並んでいた。特に目に留まるものはないようだった。

「どっちが八〇三号室かな」

　土橋は立ち止まって見上げている。亜坂も見上げた。目的のマンションは十階建て。ワンフロアの部屋数に四室。その八階に中ほどの一室の明かりが灯《とも》っていなかった。

左右のどちらから番号が振ってあるのか分からないが、八〇二号室か八〇三号室になる。マンションの区画を一周し、入口前に戻ってくると土橋は駐車場に目をやった。

「ないな」

群馬ナンバーで黒いF社のセダンのことらしい。裏手にも駐車場にも今のところ、犯人の確定に至るものはないようだった。

「すぐに本人には当たらず、隣室の住人に話を訊《き》こう」

土橋はそう告げると、マンションの入口に向かった。管理人室にインターホンで連絡し、聞き込みの許可を得て入れてもらう。ロビーはホテルを思わす広々とした造りだった。先ほどワンフロアに全四室が入っていることは確認したが、建物のサイズからすると一部屋の専有面積はかなりなものになる。

「豪勢なマンションだな。しかし金持ちだって犯罪を犯す」

エレベーターに乗りながら土橋がつぶやいた。二人は廊下に出ると、まず八〇三号室の位置を確かめた。廊下は屋内にあり、部屋が四室並んでいる。それだけでマンションの豪華さが理解できた。八〇三号室は無灯だった部屋に該当した。

「留守か。それともわざとか」

土橋は先に隣の八〇二号室のインターホンを押した。こちらの明かりが点いていたことはすでに確認済みだ。

「警視庁の土橋と申します。夜分、失礼します。隣室の田村さんについて、ちょっとお話をおうかがいしたいのですが」

応答する声が返ってきた。土橋が警察手帳をモニター用らしいインターホンの小穴にかざした。鍵を外す音がすると、ドアが開いた。初老の女性が顔を出した。

「お隣の田村さんですか？」

女性が怪訝そうに尋ねた。土橋は努めて静かに訊いた。

「ちょっとした話なんです。ご心配するほどのことではありません。田村さんはこちらに住まわれて長いのですか」

女性は質問にうなずいた。

「ご在宅ではないようですが、かなりの留守ですか」

「長くはないですよ。二、三日前にはいらっしゃったみたいでしたから」

「田村さんに最近、なにか変わったことはありませんでしたか」

「変わったこと……。特にこれといって思いつきませんが」

「田村さんはどんな方ですか」

「お年寄りですよ。温和な女性で。一人暮らしをされてます」

田村和美は女だった。しかも高齢の。しかし土橋が亜坂に目配せした。匂う、という合図だ。

「するとご家族はいない？」

「いらっしゃらないですね。ペットを飼ってらしたけど」

「らしたというと？」

「ずっと猫を飼ってましたね。随分、可愛《かわい》がっていらしたようです。それが半年ほど前ですか、死んでしまって。落ち込んでらっしゃいました」

そこまで告げた女性は少し考え込む素振りをみせた。

「そういえば変ね。二日ほど前かしら。買い物にいくとき、田村さんの部屋から犬の吠《ほ》える声が聞こえたわ。あの方は猫派だとばかり思っていたけど、犬を飼うことにしたのかしら」

土橋は亜坂を見やってから女性に礼を述べた。ドアが閉まると二人は一旦、廊下の端までいった。

「応援を要請しよう。かなり匂う」

土橋が告げた。亜坂は携帯電話を取り出した。捜査本部に容疑者らしき人物が浮上したと伝え、応援を求めた。電話を切った亜坂は小声で尋ねた。

「いるんでしょうか」

部屋は無灯だ。すでに逃亡したのか。あるいは留守を装い、息を潜めているのか。動きたいところだが、強引な捜査はめぐみちゃんを危険にさらすことにつながる。なにより被害者の保護が第一なのだ。

亜坂は応援を待ちながら、焼けた砂に触れているような思いだった。いてもたってもいられず、数歩、八〇三号室に近づいた。

するとなにかが目に留まった。八〇三号室のドアの前に小指の先ほどのものが落ちている。ホコリの玉だろうか。綿毛だろうか。繊維が縮れて丸まったようなものだ。

「土橋さん」

亜坂の小声に土橋がうなずいた。亜坂はドアまでいくと、それを拾い上げた。毛玉だった。黒く短い毛が数本、絡んで丸まっている。亜坂は廊下の端に戻ると土橋にそれを手渡した。土橋は指先でほぐすと毛の一本を改めた。そしてつぶやいた。

「人間のじゃない。獣毛だ。表面が粗いし、色が先っぽまで黒い。それに毛の芯が太くしっかりしている。ブラッキーは黒のビーグルだったな」

告げた土橋が首を傾《かし》げた。

「なぜだ？」

しばらく考え込んでいた土橋の表情が変わった。八〇三号室へと歩いていく。応援を待つ方針を変更したのか。亜坂は戸惑いながらも続いた。土橋がポケットから手袋を出すとはめた。捜査用のビニールの靴袋もはく。亜坂もならった。

用意を整えた土橋はドアノブに手を伸ばし、ゆっくりと回した。ノブが回った。鍵はかけられていない。ドアが静かに開いた。室内は玄関もその先も暗かった。土橋は一歩踏み込むと、耳を澄ましている。物音がしない。

「田村さん、警視庁の者です。少しお話をうかがえますか」

亜坂には人の気配が感じられなかった。玄関口で土橋の鼻が音を立てた。匂いを嗅いでいるのだ。

「鉄っぽい匂いですね」

亜坂は同様に匂いを嗅いでつぶやいた。警官がよくしる匂いだった。土橋は黙ったまま、玄関の壁を見回し、明かりを点けた。反応はない。土橋が三和土《たたき》から上がった。ゆっくりと廊下を進んでいく。

突き当たりのドアを開ける。カーテン越しに月光が、部屋の様子をおぼろに浮かび上がらせていた。部屋はリビングらしい。土橋が壁にあるスイッチを入れる。明かりが灯った。しかし誰もいなかった。部屋を一瞥《いちべつ》し、土橋は奥にあるドアへと向かった。それを開ける。

土橋の鼻が音を立てた。亜坂にも分かった。先ほどの鉄っぽい匂いが濃厚に香った。ドアの横にあったスイッチを土橋が点けた。明かりが灯った。ダイニングキッチンだ。テーブルと椅子。カウンターの向こうにガスレンジや冷蔵庫が見える。土橋と亜坂はダイニングを進んだ。そしてカウンターを回る。壁とシンクに挟まれたコの字形のスペース。その床に誰かが倒れていた。

老女だった。うつぶせの恰好《かっこう》で白髪交じりの後頭部が血にまみれている。床にもその血が流れ出していた。

土橋がかがみこんだ。老女の首を指先で確かめると首を振る。亜坂はその場に立ちつくしていた。

「ニゴリ、連絡だ」

声をかけられて、亜坂は我に返った。携帯電話を取り出し、捜査本部に連絡した。

「リストの人物が住居内で死亡していました。鑑識その他の応援を要請します」

土橋が立ち上がった。

「殺しの現場は初めてか?」

亜坂はあいまいにうなずいた。殺人現場に立ち会ったことは幾度かある。しかし、第一発見者になったことは今までなかった。

「血はまだ固まっていない。殺されたのは少し前だな」

土橋はつぶやいた。

半時間後、田村和美が暮らしていた八〇三号室は、捜査員らでごった返すこととなった。捜査の先陣を切る鑑識の調べが着々と進んでいる。亜坂はそれをリビングのかたわらで眺めていた。

「被害者の指紋発見」

「子犬の毛らしきもの発見」

物証発見の声が次々と上がっている。声を聞く亜坂の脳裏に思いがよぎった。田村和美が誘拐犯であることは疑いようがないだろう。めぐみちゃんは確かにこの部屋に監禁されていた。しかしめぐみちゃんと子犬の姿はここにはない。直前に監禁場所を変えたのか、あるいは子犬と一緒に逃げることができたのか。

被害者と理沙が脳裏でだぶる。おそらく捜査は夜を徹してになるだろう。明日以降も、どうなるか不明だ。すでにメールで昌子に理沙を預かってくれるように伝えてある。何日ぐらいになるか分からないとも。

亜坂は思いを振り払うと事件に意識を集中した。田村和美の死亡推定時刻は二時間以内。凶器は見当たらないが、鑑識の岸本によると鈍器で後頭部を殴られたようだ。争った形跡はないという。抵抗しなかった点は疑問だが、不意を襲われたとも考えられる。

いずれにせよ、状況は明らかに他殺を示している。しかもめぐみちゃんの行方は分からない。状況は一変したのだ。今までよりも危険な方へ。

「ニゴリ」

書斎の方から土橋の声がした。亜坂はそちらに向かった。

「読んでみろ。岸本が机から見つけた」

土橋が繻子《しゅす》の冊子を手渡してきた。日記帳らしい。亜坂はそれを開いた。女性の筆跡で端正に文章が綴《つづ》られている。

『今日、キティが死んだ。二十年、生きていた。猫としては異例なほどの長寿だったといえる。二十年間、私と一緒に暮らしてくれたキティに感謝する。天涯孤独の私にとって、キティは唯一の家族だった。

結婚もせず、子供も産まず、仕事一筋に生きてきた私には、疲れたとき、悩んだとき、キティだけが支えだった。キティにどれほど助けられたか分からない。そしてキティとの生活は、私に喜びと潤いをもたらしてくれていた。

ダイニングのテーブルの脚で爪を研ぐ癖。ソファの真ん中を占領してくつろぐ様子。夜中に胸の上にうずくまってきて息苦しくて起こされてしまうこと。どれも今となっては懐かしい思い出だ。独りぼっちの生活で、キティの小さな心臓が鼓動を伝えてくれることは、どれほどの安らぎになっただろう。

それだけにキティを失ったのは、こちらの心臓をもがれるほど、つらいことだった。私には、もはやなにもないのだと痛いほど思い知らされた。七十を半ば過ぎた私だから、近しい親類縁者はほとんど他界している。仕事を辞めた今は、同僚とも疎遠だ。だからキティと静かに時を過ごしてきたのだ。

具合が悪くなったキティを動物病院に連れて行き、もう長くないことをしって以来、私はキティがいなくなった後の時間をどう過ごせばいいのか、見当もつかなかった。私には仕事とキティしかなかったのだから。

私一人を地上に残した神に対して義憤さえ覚えた。そんな頃、私は新邦化学の事件をしった。環境汚染問題は、私のライフワークだ。まだ新米記者だった時期、水俣病の取材に関わり、以来、私は各種の汚染問題を調べ、それを記事にしてきた。

取材を通じて闘争運動に関わる男性と知り合い、恋に落ちたこともあった。しかし、結ばれることはなかった。自らも汚染による病に冒されていた彼は、子供を作ることを恐れ、結婚を拒否した。そして病と闘争に疲れ、自ら命を絶った。彼には何の落ち度もないのに。

新邦化学の事件は調べるほどに悪質だった。下請け業者に汚染水を処理するように渡した段階で、明らかに処理能力がないことをしっていた。責任転嫁をはかったことは明白なのだ。しかしそのことを、どの新聞社も報道機関も、大きく取り上げていない。

神に対する怒りは新邦化学に対するものに変わった。キティがいなくなった今、私にできることはなにか。涙はとっくに涸《か》れた。残されているのは憤怒《ふんぬ》することだけだ。奴らの罪を、それを見逃している社会を断罪するのだ。たとえただの老女でも、許されざる者に立ち向かう権利はある。社会に声を上げることができる。

これが犯罪であることは百も承知だ。しかし私は、もはや死さえ恐れていない。私の行動をしることで、少しでも社会の意識が変わってくれれば。私はそう考えている。私は誘拐を実行し、告発を届ける』

亜坂は日記から顔を上げた。老人ホームにいた老女のことが頭に浮かんだ。ここにも猫を家族とする人物がいた。しかし田村和美の猫は、彼女の唯一無二の家族だった。心の支えだったのだ。

「容疑者の正義は妄想に近い。正義を信じすぎることは、ときには危険だ」

土橋の言葉を聞きながら、亜坂は日記の先に目を通していった。続くページにコピーされた川崎の雑居ビル近辺の地図が貼られている。何カ所か印が付けられていた。おそらく監視カメラの位置だろう。犯行車両を盗難する際の下調べと段取りらしい。

次のページには奥多摩の道路地図のコピーが貼られていた。林道とそこから続く枝道に印がつけられている。こちらは盗難車両を乗り捨てる際の資料だ。土橋のいったように周到な計画だった。さらに次のような記載もあった。

『佐々木一家の日頃の行動から家族内の関係を把握しておくこと』

『監視に最適な場所を発見。粉飾のために新しい南京錠と自分のための鍵を確保すること。指紋と下足痕に注意』

『電話番号を入手。佐々木めぐみには祖母がいないことが判明。祖母を装うことで懐柔が可能か』

『擬装用のナンバープレートをいくつか用意すること』

「随分、丁寧な書き込みだろ。メモしておけ。土地勘がある場所でも地図のコピーが貼り付けられている。どう思う?」

土橋がそう告げたとき、キッチンから鑑識の岸本の呼ぶ声がした。土橋はキッチンへ歩いていく。

書斎に残った亜坂は視線を巡らせた。本棚には書籍がずらりと並んでいた。分厚い専門書に加えて英語、ドイツ語、ポルトガル語の辞書が揃《そろ》えられている。元新聞記者らしい書棚だ。

視線を戻した亜坂は、今の土橋の言葉を思い返して気付いた。土地勘だ。それが作用だ。そして土地勘がある場所なのに、わざわざ地図をコピーして貼り付けたことが反作用だ。ではこの場合の作用と反作用のエネルギーはなにか。分かっていることをわざわざ記載する必要性とは——。

「ニゴリ、ちょっとこっちへこい」

キッチンから土橋が呼んだ。亜坂は声に従った。土橋と岸本が冷蔵庫の前にしゃがみ込んでいる。

「これがなにか分かるか」

土橋が指さした。冷蔵庫にはサラダボウルが入っていた。ボウルの中身がまだ残っている。ホウレン草より大振りで緑が浅い葉野菜だった。

「葉物を中心としたサラダですね」

亜坂は見たままを答えた。

「食べてみろ」

土橋は葉を指さして告げた。亜坂は躊躇《ちゅうちょ》した。犯行現場で遺留物を口に入れるのは初めてだった。毒物ではないだろうが、気が進まなかった。

「心配するな。俺はぴんぴんしてるだろ」

土橋がかすかに笑った。意味は分かった。自分も食べたといいたいのだ。亜坂はおそるおそる手袋の指先に葉をつまむと口に入れた。

「かなり苦いですね」

葉はその緑の色からは想像できないような味だった。今まで食べたことのない苦みと渋みだった。

「やはりお前にも苦いか。俺が甘党のせいだからかと思ったが」

土橋の感想も同様らしい。

「お前は料理をするんだったな。これがなんだかしっているか?」

「初めて見ます」

「岸本もしらない。俺もだ」

土橋の言葉に岸本がうなずいた。二人とも食べたようだ。

「三人の人間が体験したことのない味だ。つまりこれは普通のサラダじゃない」

土橋はそう述べると、横でしゃがみ込んでいる岸本にサラダの材料を突き止めるように依頼した。

「何事も自分で試してみるんだ。体験こそ捜査の基本だ。それまでは結論を出すな」

意味は分かる。しかし犯行現場の遺留物を平気で口に入れるとは常識外れだ。亜坂は二人の行動にあきれた。

「ここはこんなところだろう。後は鑑識に任せて明朝の報告を待とう。各種の情報をとりまとめた捜査会議が明朝八時にある。徹底捜査は会議後になる。それまで我々は自宅待機だそうだ」

すでに土橋は今後の捜査に関して、本部とやり取りしていたらしい。エレベーターで一階に降りて外へ出ると、月光が昭和記念公園の緑を伝えていた。日常的な風景だった。その日常性がひどく遠く思えた。現実は正反対なのだ。誘拐犯は死亡し、めぐみちゃんの行方はしれない。車に乗り込むと亜坂は尋ねた。

「土橋さんはどう考えますか」

土橋はしばらく考えて答えた。

「いたんだよ。俺たちよりも先にここにきた奴が。そいつが田村和美を殺した」

「誰だと思われますか」

「日記帳に地図をコピーして貼り付けたのは田村和美だろうな。筆跡が女性だし、猫についての記述がある。どう思う？」

「必要だからです」

土橋が微笑《ほほえ》んだ。

「ニゴリ、お前、昨夜、塩辛を喰《く》っただろ？　お前の考えるとおりだ。あの日記は計画書でもあった。貼り付けた地図のコピーは、誰かに内容を理解させるためだ」

「つまり、事件には最初から共犯者がいたのですね」

亜坂はおぼろげに想像していたことを口にした。

「その共犯者は、ドアの前に犬の毛を残す失敗をした。だから土橋さんは、応援を待たずに部屋に入ったのですか。相手が逃走していると踏んで」

「奥多摩の林道でメモしただろ。周到な計画を立てていたはずの犯人が昼間に車を盗んだ。腑《ふ》に落ちないと」

「川崎の車両はそいつが盗んだんですか」

うなずく土橋に亜坂は続けた。

「そいつがめぐみちゃんを連れ去ったのですか。田村和美を殺した奴が」

最悪の状況だった。田村和美は告発のために誘拐事件を起こした。そして死亡する前まではめぐみちゃんの安全を確保していた。そこまでは田村和美の日記やめぐみちゃんの手紙で裏付けられる。

しかし今、めぐみちゃんは殺人者と一緒なのだ。しかも相手の手がかりは、現時点ではなにもない。焼けた砂に触れるような感覚が、亜坂の胸を再び覆った。

「ここまで追いつめたのに、振り出しに戻ってしまいました。共犯者が誰で、めぐみちゃんはどこにいるのかも分かりません。これからどうすればいいんですか」

亜坂は思わず口走っていた。弱音を吐ける相手は土橋しかいなかった。土橋は亜坂を見つめている。しばらく沈黙が車内を覆った。土橋が窓の外へ視線をやった。公園の緑を眺め、やがて口を開いた。

「お前は父親にこんな泣き言をいったことがあるか」

「父親になにをですか」

「もう駄目だ。あきらめるしかないと」

亜坂はしばらく考えた。父親は中学の頃に死んでいる。小さな運送業者で、家庭では寡黙だった。しかし借金取りの電話に怒鳴り散らすことも多く、亜坂は幼い頃、電話が鳴るのが恐かった。父親の激変を知るだけに、距離を置いていた。

「ありません」

「だろうな。お前に足りないのは怒りであり、反骨だ」

土橋が視線を戻すとフロントガラスの前を見つめた。

「車を出せ。今日は家に帰るんだ」

亜坂は車をスタートさせ、土橋の言葉を考えた。いわんとすることがなんとなく分かった。つまり通過儀礼の役割を果たす相手としての父親だ。

思春期になると芽生え始めた自我は達成したいことをそのまま要求する。しかしそれは思うようにならず、不平不満がつのる。その鬱憤を息子は父親を相手にぶつける。こうした儀式を経て、息子は子供から大人へ成長し、社会や他人と関わっていく。人は成人すると様々な圧力を受けることになる。だからしっかりと自立するためには、その圧力を跳ね返す図太さを備えることが必要だ。そのための怒りや反骨が足りないと土橋は見通しているのだ。

「ここでいい。まだ電車がある」

亜坂がなにかを問おうとする前に車は立川の駅前に到着し、土橋が降りた。

日付が変わろうとする深夜、亜坂は自宅マンションに戻った。疲れた体を引きずって部屋に向かう。玄関で靴を脱ぎ、電気を点けた。

昌子にはすでにメールで理沙を数日預かってくれるよう頼んである。おそらく必要な着替えなど身の回りの品は持っていっただろう。リビングで背広を脱いだ亜坂はそれでも念のため、子供部屋をのぞいた。

明かりを点けると子供部屋は荒れ放題だった。玩具《おもちゃ》が投げ出され、童話の破かれたページが散らばっている。亜坂が買い与えた『エルマーのぼうけん』だった。分量があるため、まだ理沙は読み終えていないはずだった。なにがあったかはすぐに理解できた。

溜息をつくと亜坂は散乱した子供部屋を片づけ始めた。理沙の学習机にビニール袋が置かれていた。中には砕けたマグカップが入っていた。理沙が使う熊のイラストを配したマグカップ。横に昌子の書き置きがあった。

『またやった。無口な分、立派なギャング』

おそらく昌子に厳しく接せられたのが引き金だろう。しかしそれは引き金に過ぎない。昌子が厳しく接したのは必要があったからだ。その必要とは理沙の態度からくるもので、その態度を誘発させた根本は自分と美由紀だ。

家には誰も帰ってこない。接するのは、たまに顔を出す厳しい伯母さんだけ。なぜ自分はこんな目に遭わなきゃならないの。理沙はそういいたいのだ。土橋の言葉を思い出した。

『子供というのは使える言葉が少ない大人』

その通りだ。亜坂は再び溜息をついた。

理沙はまだ保育園に通う四歳の女の子だ。しかし安心できる「基地」のない理沙は、不足している親の関心や保護を補おうとして、騒動を起こすことで自分に目を向けさせようとしている。つまり今回の癇癪《かんしゃく》も無意識なりに子供がした計算なのだ。

昌子は医者だ。外科医だが、小児科や精神科の知識もある。子供部屋を片づけずにいたのはわざとだ。今回の癇癪が理解できていて、理沙の現実をこちらに伝えているのだ。

亜坂はバーボンのボトルをガラス戸棚から出すとグラスに注《つ》いだ。それをあおる。理沙のことを考えれば、今すぐ刑事を辞めるべきなのだろうが、今日の成果が脳裏をよぎった。

──それに次の仕事をどうする。

煩悶《はんもん》する頭に黒い粒子が広がっていく。羽音が耳いっぱいに膨張した。

《役立たず》

蚊柱が、たなびきながら嘲笑していた。

──なぜ俺を責める。お前は一体、なんなんだ。

亜坂は黒い粒子に胸の中で叫んだ。

《当分、お前》

不可解な意図が伝わってきた。亜坂は四肢が痺《しび》れるような感覚を覚えた。グラスをあおり、粒子が消えるのを待った。そして拾い集めた童話のページを整え、セロハンテープで丁寧に補修していった。そうすることで、少しでも現実を忘れられるように。

五

七月二十三日、木曜日、午前八時。捜査三日目の会議がK署の講堂で始まった。亜坂は講堂のパイプ椅子に座っていた。これから昨夜の詳細が伝えられるのだ。

「立川の容疑者殺害について、説明しておく」

ひな壇に座る中上管理官が口を開いた。

「死亡していたのは田村和美、七十六歳。独身、一人暮らし。元A新聞記者で、環境汚染問題をライフワークにしていた。後ほど写真を配る。容疑者死亡については現時点では極秘扱いだ。注意するように。では鑑識、現場の状況を報告してくれ」

岸本が立ち上がった。

「監察医によると容疑者は発見当時、死亡二時間前後でした。死因は鈍器による撲殺。

凶器は発見されていません。室内からは、燃焼したマグネシウムとアルミニウム粉が発見されました。犯人の第一書状のものと一致し、最初の封書を自室で作成したことが裏付けられています」

亜坂は言葉を待った。

「室内からは誘拐されためぐみちゃんの指紋、毛髪、さらに子犬の毛も発見されました。しかし容疑者の血痕以外は残されていません。それとベランダから煙草《タバコ》の灰が微量ながら発見されています。現在、銘柄を特定中です」

岸本はそこまで述べると着席した。亜坂は報告をメモした。岸本の述べた内容は確かにめぐみちゃんが八〇三号室におり、そこから連れ去られたということだ。

仮にめぐみちゃんが自力で脱出していたなら、誰かに助けを求めるなど、なんらかの行動を取るだろう。しかし現時点ではそれに該当する報告はない。連れ去られたと考える方が妥当だ。室内に田村和美の血痕以外、残されていない点が亜坂の安堵《あんど》を誘った。

めぐみちゃんはあの部屋では無事だった。しかし連れ去られた後、どうなっているかは不明だ。相手はすでに田村和美を殺害している。めぐみちゃんが無事である保証はなにもないのだ。中上管理官が岸本の報告を受けて告げた。

「田村和美の銀行口座を調べたところ、事件発生の四日前に一千万円の金が引き出されている。またマンション近辺の監視カメラ映像、Nシステムに群馬ナンバーのF社の乗用車の記録が残されていた」

そこで説明をとめると中上管理官は一同を見渡した。

「今の意味が分かるな。共犯者がいる。人数は不明だが、めぐみちゃんを連れ出したのはそいつらだ。めぐみちゃんはマンションを出るまで無事だったと思われる。今後は死亡した田村和美の身辺調査とともに、共犯者の足取りを徹底して追ってもらいたい」

講堂に息を吸う音がいくつか漏れた。亜坂は空気が張りつめているのを肌で感じた。

「有力な容疑者の死亡によって本事件は一旦、公開捜査を中止する。犯人から新たな接触があるまで、通常の誘拐事件として捜査を続けることになる」

確かにそうだ。告発を目的とした犯人の要求は現時点では白紙に戻ったことになる。共犯者らが同じ意図で犯行を続けるかどうかは、まだ不明だ。つまり捜査を続行しつつ、相手の出方を探る必要があるのだ。

「なんとしてもめぐみちゃんの身柄を無事に保護しろ」

中上は静かに付け足した。その口調から強い決意がうかがえた。被害者はすでに四日近く監禁されているのだ。しかも今は殺人者の手に落ちている。事件に携わってきた誰しも、願いは一緒だろう。中上管理官は捜査の振り分けを始めた。

「本庁捜査一課の土橋巡査部長、K署刑事課の亜坂巡査は、他の捜査員と被害者宅へ同行」

意外な指示だった。捜査の重点は共犯者の足取りを追うことだ。人手が必要な仕事となる。当然、そちらに駆り出されると考えていた。

亜坂は隣に座っていた土橋を見やった。土橋はなにもいわずに立ち上がると前列へと歩んでいく。

ちょうど立ち上がった中上管理官に土橋はなにか尋ね、うなずいている。続いて鑑識の岸本のところへと足を向けた。そこでもなにか短い会話を交わし、戻ってきた。

「岸本はサラダの薬物を科捜研に回している。判明次第、連絡をくれるそうだ」

「被害者宅へ向かうとはどういう意味ですか」

亜坂の質問に土橋はうなずいた。

「いくつかやるべき仕事があるんだ。ひとつは、めぐみちゃんの家族に対する捜査状況の報告だ。管理官の言葉を聞いていたな。事件にはふたつの可能性が発生したことになる」

土橋はそう前置きすると尋ねた。

「田村和美が殺された。どう思う?」

亜坂は土橋の問いを考えた。田村和美の殺害が作用だ。そして反作用はめぐみちゃんがいないこと。このふたつの現象のエネルギーはなにか。

「つまり田村和美にどんな理由で殺されたのか、ですか」

土橋はうなずいた。

「例えば田村和美の殺害理由が犯行グループ内の対立だったとする。犯行を終えてしまいたい共犯者が、続行を主張する田村和美を殺した。つまり一番、考えたくない可能性だが、事件が終焉《しゅうえん》しているケースだ」

亜坂は土橋のいわんとすることが分かった。仮に共犯者らがなんらかの理由で田村和美と袂《たもと》を分かったとする。当然、相手は逃走を目指すだろうし、身元の足がつかないようにしたいだろう。となれば、顔を見られている被害者は危険な存在だ。つまりめぐみちゃんはすでにこの世にいない可能性が高い。

「もうひとつは、めぐみちゃんが新しい誘拐事件にまきこまれた線だ」

土橋は新しい誘拐事件と表現した。つまり共犯者らがめぐみちゃんを人質にとっているという意味だ。確かに共犯者が告発を目的に事件を続けたいなら、同じ意図を持つ田村和美を殺すのは不自然だ。では、異なる告発をしたいと意識が変わったのか。

考えづらい。殺人を犯してまで告発したい別の内容があるなら、最初からそうしていたはずだ。つまり土橋は事件の目的が告発から別のものへ変化したといっているのだ。

「K署の捜査員や我々は、当初から事件に関わっている。公開捜査を説得したのも我々だ。そしてめぐみちゃんの家族は、被害者であると同時に有力な協力者だ」

「つまり、事件を解決するために、彼らの協力を維持しておく必要があるのですね」

「さらに、共犯者が新たなコンタクトをしてくる可能性もある。被害者宅へ向かうのは、そういった仕事を処理するためだ」

署を出た二人は車に乗り込んだ。K署から大友課長や先輩刑事の垣内、香坂署長も後続するという。一行を先導するように車を走らせた亜坂は、被害者宅の少し手前でエンジンを切った。

車を降りると、いまだに取材陣の姿が家の前に見受けられる。しかし容疑者死亡の事実が伏せられているためか、騒然とした様子ではなかった。亜坂は土橋とともに佐々木家に歩み寄った。

「めぐみちゃんの行方を私はしっています。ご協力できますよ」

佐々木宅の門でインターホンに向かっている中年女性がいた。白っぽい衣装で同じ言葉を何度も繰り返している。土橋はその背中に声をかけた。

「事件に関する情報なら、こちらでうかがいますよ」

女が振り返った。手に数珠らしき物が見えた。土橋が警察手帳を示した。女はしばらく考えると口を開いた。

「捜査に協力しましょうか。めぐみちゃんは北の方角にいる。そこまでは分かっているわ。さっきからご家族にそう伝えているのに、聞き入れてくれないのよ。でもめぐみちゃんの部屋でなら、もっとはっきりした天啓があるわ。家に案内してくれないかしら」

女は新興宗教の関係者らしい。事件にかこつけて一儲《ひともう》けをたくらんでいるのだ。

「恥をしれ。あんたにだって家族はいるだろ」

土橋は女を叱責した。女は口の中でなにかを毒づくと、家の前から去っていった。女の姿が見えなくなるのを確認してから土橋はインターホンに向かった。

「警視庁の者です。捜査内容を報告にまいりました」

土橋の声にインターホンから返事があり、一行は敷地に入った。ドアを開けたのは、めぐみちゃんの祖父である佐々木啓治だった。玄関の上がり框《がまち》に父親の稔と母親のみつえがたたずんでいた。

家族はいずれも赤黒い顔色をしていた。一見すると別人にさえ見える。不安と緊張と疲れで憔悴《しょうすい》しきっている。事件発生から四日。それだけの期間で人間の容貌がこれほど変化するのだと亜坂はしった。

「変な女は？」

祖父の佐々木啓治がぽつりと尋ねた。先ほどの新興宗教家のことだろう。土橋が一行を見返した。そして自身が口を開くべきと判断したらしい。啓治に告げた。

「大丈夫です。追い払いました」

「で、報告とはなんだ」

啓治の口調はぶっきらぼうなものだった。

「昨夜、我々は容疑者を絞り込み、一斉捜査に入りました。そして相手の自宅である立川のマンションに踏み込みました」

三人の家族は土橋の説明を黙って聞いている。

「しかし相手はすでに殺害されていました。ただし室内を調べたところ、めぐみちゃんの毛髪、子犬の毛などは見つかりましたが、容疑者の血痕以外は発見されていません」

「それで、めぐみは?」

母親のみつえが口走った。

「昨夜の段階までめぐみちゃんが無事だったことは、ほぼ確実です」

「本当ですか」

みつえの声は大きく、呻《うめ》くようだった。告げられた言葉にすがろうとする気配が感じられた。土橋がうなずいた。玄関にいる三人の家族に視線を送っている。

亜坂も三人を見つめた。みつえに比べて祖父の啓治と父親の稔は冷ややかな様子に思えた。どちらも沈黙している。土橋がちらりと視線を送ってきた。しかし亜坂には土橋の意図が把握できなかった。

「それでめぐみは今、どこに?」

みつえは当然の質問を口にした。

「問題は、相手に共犯らしき者がいた点です。人数は不明ですが、めぐみちゃんはどうやらその共犯者によって連れ去られた様子です」

　みつえの体がしぼんだ。小さく泣き始める。

「お母さん、捜査は進展しています。犯人を追いつめるところまできたのです。どうか気をしっかり持って」

　土橋は母親を慰めた。

「公開捜査は一旦、棚上げとします。その旨、心に留めて、今の話はマスコミに漏らさないでください。そしてこれからも我々に協力してください。犯人から新たな接触があるかもしれません」

　土橋は丁寧に頭を下げた。他の者もそれにならった。

「いい加減にしろ」

　怒声が飛んだ。叫んだのは祖父の啓治だった。赤黒い顔がわなないている。啓治は下《げ》駄《た》箱《ばこ》の上にあったなにかを突き出した。一枚の紙片だった。

「なんて書いてある？」

　啓治が叫んだ。亜坂が目をやると紙片には『てんちゅう、誘拐は汚染行為の天罰だ』と書かれていた。

「ポストに投げ入れた奴《やつ》がいる。連日だ。こんなのはまだおとなしい方だ」

　啓治が土橋に向かって続けた。

「あんたは最初、なんていった？　絶対にめぐみを助けるといったじゃないか。だから我々は、公開捜査を了承したんだ」

啓治は捜査初日、廊下で交わされた会話のことを口にした。

「だが、結果はどうだ。共犯者が逃げたのは公開捜査だったからなんじゃないのか？」

耳の痛い点だった。死んだ田村和美が報道公開を要求したのは、告発を伝える一方で、捜査の進展を確認するためだったのは確かだろう。そこから起因する捜査ミスだと啓治は指摘しているのだ。

「私たちがどんな目に遭っているのか、あんたら分かっているのか」

啓治の声は怒りに震えている。

「あちこちから電話がかかってくるんだ。汚染行為は許せない、子供を誘拐されて当然だと。しかし電話に出ないわけにはいかない。万一、誘拐犯からだったらどうする」

怒りに声が詰まり、啓治は一旦、言葉を切った。

「外を見てみろ。マスコミの連中が二十四時間、この家を取り囲んでいる。奴らの常識外れな振る舞いはなんだ。勝手に入り込んできて、我々の悲しんでいる顔を盗み撮りしてやがる。おかげで窓も開けられない」

玄関前に殺到し、強引な取材をするテレビクルーのことを亜坂は思い出した。

「奴らにとって我々は、誘拐事件の被害者なんかじゃない。汚染行為の張本人、悪事の報いを受け、子供を失った悪党だ」

　啓治の怒りも当然だった。汚染行為と誘拐とは別次元で語られるべきことだ。この一家の周りは、正義を取り違えた人間でいっぱいなのだ。

「分かりやすいからなのか？　そういうレッテルを貼れば筋書きが呑《の》み込みやすいのか。世間はそんなに愚鈍なのか。マスコミだけじゃない。今の女はめぐみのことを教えるから寄付をよこせとぬかしやがった。似たような電話はひっきりなしだ。犯人は告発だと騒ぐだけ騒いで死んだだと？　めぐみは連れ去られているだと？　一体、どうするつもりだ」

　啓治は土橋を指さした。ひときわ大きな声が玄関に響いた。

「あんた、それでも刑事か。これからも協力しろだと？　味方気取りもたいがいにしろ。誰がお前のことなんか信用するか」

　叫んだ啓治は拳を土橋の鼻面にたたき込んだ。鈍い音がした。咄嗟《とっさ》の行動で誰も制止できなかった。啓治は荒い息を吐いた。同行していた捜査員すべてが沈黙している。土橋の鼻から血が一滴したたった。

「なにをするんですか」

　横にいた亜坂は我に返ると啓治の腕を摑《つか》んでいた。啓治は息を荒らげ、それをふりほどこうともがいた。二人の揉《も》み合いに、はじかれたようにＫ署の捜査陣が動いた。垣内を始め、数人が割って入ると二人を引き離す。

「垣内、亜坂を外へ連れ出せ」

大友課長の強い声が飛んだ。亜坂は垣内に腕を引きずられて玄関を出た。気が付くと自身も荒い息をついている。啓治の言動にいつの間にか興奮していた。

垣内は停《と》めた車の前まで亜坂の腕を引っ張っていった。そこで投げ捨てるように腕を離した。

「いい加減にしろ、亜坂。なにを考えてるんだ。被害者家族が重要な協力者になることは分かってるだろうが。勝手な捜査を続けたかと思うと、被害者家族と悶着《もんちやく》だ。おまけに尻ぬぐいは俺たちにさせるのか」

唾棄するように垣内が告げた。

「いいか、二度と捜査に関わるな」

垣内はそこまでまくしたてると被害者宅の方へと戻っていった。かすかに引きずる足が亜坂の目に残った。垣内の言葉はもっともだった。自分の行動はどこかで空回りしている。

亜坂は深呼吸をして、努めて気持ちを鎮めた。興奮が薄れる頃、土橋が車にやってきた。携帯電話をポケットに戻している。くる途中、誰かと連絡を取っていたらしい。

「鬱憤が溜《た》まっているのは分かります。めぐみちゃんがなかなか戻らないのですから。

しかしその鬱憤を拳にしてこちらに向けることはないでしょう」

亜坂は思わず土橋にこぼした。

「爺《じい》さん、なかなか矍鑠《かくしやく》としてるな」

土橋は鼻をさすりながらにやついた。

「ただな、ニゴリ、誰にでも家族はいる。特に幼い家族は誰にとっても大切なんだ」

伝えたいことはよく分かった。自身にも理沙がいる。その大切さは祖父の啓治が感じているものと変わらないだろう。

「だが、お前のいうことにも一理ある」

続く土橋の口調が変化した。

「だから本庁の刑事らに注意するように伝えておいた。さて、少し長いドライブになる。列車という手もあるが、足を考えると車の方が便利だろう」

「ドライブ？　なんのことですか」

「中上管理官の許可を得た。我々はこれから群馬に向かう」

「群馬？」

「アウメロンってしっているか」

唐突な質問に亜坂は首を振った。初めて聞く言葉だった。

「岸本から連絡があった。科捜研がいうにはサラダの中身はアウメロンという南米野菜なんだと。加えてもうひとつ情報を伝えてくれた。死んだ田村和美の身元を洗っていた刑事が突き止めたんだ。田村和美はかなり社会派の記者だったらしいな」

「社会派というのは？」

「あの女は汚染問題だけでなく、外国人労働者に関しても取材経験があるそうだ」

「それが群馬なのですか」

「そうだ。黒いセダンはナンバーがすり替えられてはいるが、群馬のものだ」

「つまり相手は、取材で知り合った外国人労働者だと」

「可能性だがな。確定ではない。だから裏を取りに出かけるんだ。そもそも事件のきっかけとなった池にな」

車に乗り込んだ土橋は、目的地が群馬県のO町だと告げた。日本企業の工場地帯で、田村和美の取材先だったという。亜坂は車をスタートさせた。関越《かんえつ》自動車道の方角へ向ける。

共犯者が乗っている車は群馬ナンバー。田村和美の部屋に残されていたサラダが南米野菜。そして田村和美は群馬で外国人労働者を取材していた。確かに線はつながる。

「今、岸本に頼んで、田村和美の部屋に残されていた指紋を洗ってもらっている。むろん、本人以外のだ」

「共犯者の指紋ですね。そこから相手や人数が特定できますね」

「いや、話はそう簡単じゃない。相手に前科があれば別だが、そうでなければ警察には記録が残されていない。だから入国管理局に問い合わせることになる。そうなるとしばらく時間がかかる。だが、結果を待っていては時間がもったいない。こちらも裏を取りに動いておくんだ」

「本庁の刑事に注意するように伝えたとおっしゃいましたね。なんのことですか」

車を走らせながら亜坂は思い出した。

「家族だ」

「佐々木家のですか」

「そうだ。あの家族に変な動きが出ないか、注意していろと伝えた」

「なぜですか」

「さっき被害者宅で俺は、めぐみちゃんが昨夜まで無事だったと伝えただろ。そのときの家族の反応を見ていたか。お前に視線を送っただろ？」

確かに土橋はこちらをちらりと見た。亜坂はそのときの印象を思い返した。

「母親のみつえさんがめぐみちゃんの安否を訊《き》き返しましたね。あとの二人は黙ってました。祖父の啓治氏や父親の稔氏は、我々によい印象を抱いていないみたいですが」

「違う。俺にはなにか違和感があった」

土橋の言葉は、今まで耳にしなかった刑事の勘といった意味合いに感じられた。

「報告をしながら俺は、その違和感がなにかと考えていたんだ。だが、なんの手がかりもない。だから反応を待った」

「そこへ啓治氏が突然、怒り出したんですね」

「ああ、俺を殴るほどに。それが気になったんだ。違和感の原因はこれではないかと」

土橋はそこまで説明していつもの言葉を告げた。

「どう思う?」

亜坂は土橋の示唆することが理解できていた。

「作用と反作用ですね」

「そうだ。なにごとにも理由がある」


O町は群馬県の南東部、邑楽《おうら》郡にある町で人口約四万人。郡内でもっとも住民が多く、その内の十五パーセントに当たる、六千人近い外国人が居住しているという。土橋によると、ほとんどが南米各地からきたらしい。

というのも町には大手家電メーカー、印刷会社、食品メーカーなどの関東工場がひしめき、かつて人手不足から積極的に外国人労働者を受け入れてきた結果だという。自動車メーカーのF社の関東工場もここにある。亜坂と土橋は昼過ぎ、現地に到着した。

「どこから聞き込みを始めますか」

亜坂はハンドルを握りながら土橋に尋ねた。

「衣食住だ。人を洗い出すには、この三つを切り口にすると分かりやすい。だが、衣については今回は手がかりがない。食はどうだ？」

「田村和美は冷蔵庫にサラダを入れていました。つまり手料理を作る傾向があったことになります。しかも生野菜のサラダです」

亜坂は自身がサラダを作るときのことを思い返して続けた。

「普通、生野菜のサラダは作り置きしないものです。新鮮さが大切ですから。となると、殺害された当日のものでしょう。本人が食べた可能性もありますが、南米野菜なら共犯者に食べさせた線が強いように思えます」

「ニゴリ、お前は味覚も鋭いようだな。ではそっちから当たろう」

二人は捜査会議で配られた田村和美の顔写真を手に、食料品店を当たっていった。

「この女性に見覚えはありませんか。誰か一緒だった人物をしりませんか」

地道な聞き込みだった。一番大きなスーパーマーケットから始まり、めぼしい店を五、六軒回った。しかし成果は上がらなかった。

「田村和美はこの町に取材にきた。ただ、ここでは自炊はしなかったみたいだな」

土橋はしばらくして、そう結論した。

「住の方に当たりますか。といっても共犯者がどこに住んでいたか分かってませんが」

「住といっても家屋だけがすべてじゃない。大きな手がかりがあるだろ」

土橋が意味ありげに告げた。

「相手は住のうち、動く家を持ってる」

「車ですか」

「そうだ。車を使っているなら、どうしても必要になるものはなんだ？　特に定期的に」

「そうか。ガソリンですね」

亜坂と土橋はF社の黒いセダンと田村和美の顔写真をもとに、ガソリンスタンドへの聞き込みを始めた。

「この女性を見たことはありませんか。F社の黒いセダンに乗っていたと思うんですが。外国人労働者と一緒だった憶《おぼ》えはありませんか」

O町内にガソリンスタンドがいくつあるのか定かではない。しかし広いとはいえ、十八キロ平米ほどの面積。都内なら中野区程度だ。どこかで必ずなんらかの手がかりが得られると土橋は告げた。だが成果はなかなか上がらなかった。

亜坂と土橋はそれでも車を走らせた。町内には幅の広い二車線の道路が走り、物流の盛んな様子がうかがえる。F社のお膝元らしく、中古車ディーラーが目立った。道路沿いには外国人向けの食堂や店舗が現地の言葉らしい看板を掲げている。なんと書いてあるか亜坂には理解できなかった。

「女だって？　しらないな。Ｆ社の黒いセダン？　おいおい、ここらで走ってる車はほとんどあそこのだよ」

目に付いたガソリンスタンドで聞き込みをおこなったが、店員の答は相変わらずだった。土橋は苦い顔をしている。亜坂は次を当たろうときびすを返した。

すると少し先にある食堂の看板が目に入った。なじみのない外国語。それを見た亜坂の脳裏に田村和美の書斎がよぎった。亜坂は背を戻すと店員に尋ね返した。

「その車を運転していたのはブラジル人かもしれません。やはり記憶にないですか」

亜坂の質問に店員はしばらく考えた。

「ブラジル人が乗っていたＦ社の黒いセダンか。それなら一台だけ記憶がある。いつもは原付バイクだったが、半年ほど前かな、車で給油にきたから覚えている」

店員はそう前置きすると続けた。

「確か運転していた男は、近くの工場に勤めていたはずだ。名前はルイスとかいったな。三、四十代だった」

亜坂は土橋を見た。土橋はうなずいている。店員に工場の場所を訊き、二人は車に戻った。

「よくブラジルだと分かったな。南米といってもいろんな国があるだろうに」

土橋の質問に亜坂は田村和美の書斎を思い返しながらフロントガラスの先に見える看

板を指さした。

「車を運転しながら、どこの言葉かなと思っていたんです。それが今、田村和美の書斎と結びつきました。田村の書棚にはポルトガル語の辞書がありました。南米はほとんどが旧スペイン領です。ポルトガル語を使う必要があるなら共犯者はブラジル出身かもしれないと思ったんです」

「お前は目がいい。塩も利いてきた。それに粘ることを覚えたらしいな。それじゃ今の話の工場へ向かおう」

土橋は嬉《うれ》しそうな口ぶりで告げると、ポケットから取り出したキャンディを口に放り込んだ。亜坂は店員に教えられた工場へ車を走らせた。大して時間はかからなかった。着いたのは工業部品のメーカーだった。門柱に機械部品の製造をうかがわせる社名が掲げられている。敷地には大きな棟がひとつ。亜坂は車を駐車場に乗り入れた。

「ここでの聞き込みはお前がやれ」

車を降りると土橋が指示した。亜坂は工場の棟内に入ると、指示に従ってルイスのことをしる人物を捜した。辺りではプレス機の吐き出す重たい音が連続している。その中を亜坂は従業員に尋ねて回った。七、八人目でルイスと同僚だったという日本人の工員に話を聞くことができた。

「東京の刑事さんかい？　ルイスってルイス・サンタナのことか。ああ、ここに勤めていたよ。年齢？　確か三十代後半だったかな。だが半年ほど前に辞めたよ。どこへいったかはしらない」

工員がいたのは工場でも奥まったところだった。作業工程の最終段階らしく、長いベルトコンベアの最後に大きな平台が据えられていた。周りには仕上がった部品を入れるのか、段ボール箱が山と積まれている。工員は作業しながら続けた。

「分かるだろ？　リストラなんだよ。この辺りの工場はどこもそうだが、ここしばらくの不況のせいで人減らしが続いてる。外国人労働者は一番最初に首を切られるんだ」

「この女性と話していた記憶はありませんか」

亜坂は工員に田村和美の写真を示した。

「憶えがないな。奴とはそんなに親しくなかったんだ。だが、友達がときどき顔を出したな。そいつならなにかしってるかもしれない。F社関連の整備工場に勤めていると聞いたが」

亜坂は工員に整備工場の名と場所を聞き、メモに綴《つづ》った。その間にも、棟の外から腹に響く車のエンジン音が届いてきた。というのも、ここが作業の最終工程に当たるためか、シャッターが屋根近くまで開閉され、そのまま外へ通じていたからだ。

棟の向こうには大型トラックが横付けとなり、数名の従業員が段ボール箱を積み込んでいる。陸送用のトラックの車体には大きく社名が記載されていた。

「あれは？」

亜坂は慌ただしい作業に目を引かれて工員に尋ねた。

「あのトラックに梱包《こんぽう》した部品を積み込む。サンタナも俺と同じ出荷係だったんだ」

亜坂は横にいる土橋を見た。土橋がうなずいている。気になるなら、なんでもメモしろという合図だ。亜坂はトラックの車体にある社名をメモした。

「サンタナは煙草を吸いましたか」

男はうなずいた。岸本は田村和美の部屋のベランダで煙草の灰を発見している。

「もういいか。俺が知っているのはこの程度だ。F社関連の工場にいけば、奴の友達に会えるだろう。名前は知らないが、同じブラジル出身の外国人労働者だ」

二人は教えられたF社の整備工場に向かうことにした。亜坂は土橋と車に乗り込むとエンジンをかけた。

「図書館で借りた犬の童話を読んだ。田村和美は本当に周到な奴だ」

走り始めた車中で土橋が告げた。

「ヘンリー君という男の子がマックスという犬を飼っているんだが、それが迷子になるんだ。さあ、大変。マックスはちゃんと家に帰れるか。それがお話の中身だ」

「それで、どうなるんです？」

「結局、マックスはちゃんと戻る。そこが田村和美のうまいところだ。童話によって、犬がいなくなっても戻ってくるという暗示をかけている」

「その割に、川崎の車両盗難の手口は杜撰《ずさん》です。共犯者のミスでしょうか」

「どうだろう。ルイス・サンタナについては聞き込み如何《いかん》だな。次の聞き込みもお前が担当しろ」

やがて車がF社関連の整備工場に着いた。先ほどの工場よりも広い敷地の先に棟がいくつか建っている。二人は守衛に聞き込み捜査であることを告げ、総務部へ連絡してもらった。事務関係は工場とは別の棟らしい。

玄関口まで車を乗り入れて、駐車スペースに停めた。そして、階上だと告げられた総務部へ向かう。係の人間に、長く勤めている何人かのブラジル人工員を教えてもらい、二人は徒歩で工場へと移動した。

少し歩いた先にある工場棟は、総務部があった事務関連のものとは違い、コンクリートの床が広がり、流れ作業のようにいくつかの島で仕事が続けられている。

クレーンの音や電動工具の音が響き、油の匂いが充満していた。土橋と亜坂は教えられたブラジル人工員を、島から島へ順番に当たった。そうやって、とうとう芋蔓《いもづる》式にルイス・サンタナの友人にたどり着くことができた。

「あんたらかい、ルイスのことを訊きたいってのは」

工場の端、ここでも最終工程らしいスペースに男はいた。工員仲間から話を聞いたらしく、向こうから二人の元にくると話を切り出した。油で汚れた作業着を着ていた。陽《ひ》に焼けた太い腕は、いかにも自動車整備に携わる人間のものだった。

「話してやってもいいぜ。奴がこの町にきたのは今から十年ほど前だ。まだ二十代後半だった。その頃、奴と知り合ったんだよ」

「どんな男ですか」

話を切りだしたブラジル人工員に、亜坂が尋ねた。工員は肩をすくめた。

「とにかく、おとなしい男で人見知りだった。だから俺以外に親しい友人はいなかったな。日本語の読み書きはできた」

男も会話に不自由しない程度の日本語は操れるようだ。ルイス・サンタナの人となりを簡単に説明した。

「あのさ、ここはF社の関連企業がやってる整備工場なんだ。中古車ディーラーが下取りしたF社の車を整備して送り出す」

男は仕事の説明に移った。

「俺は整備した車をチェックして、最終的に出荷する係をしている。奴も仕上がった機械部品の陸送担当だった。そんな関係で話が合ったんだよ」

「今、どこにいるか心当たりがありますか」

「そいつは分からないな。勤めていた工場をリストラされて町を出た。勤め口を探しに東京へ向かうような話をしていたが、ブラジルへ帰ったんじゃないか」

「最後に彼と会ったのは、いつ頃ですか」

「確か半年ほど前だ。東京にいく足がない。車を貸してくれないかっていわれたんだ」

「それで貸したのですか」

「いや、ちょうど俺が乗っていた車が古くなってたし、安く譲ってやることにした」

「どんな車ですか」

「黒いセダンだよ。F社の。仕事の関係で中古ディーラーから安く買えるんだ。長く乗っていたが、トランクが壊れてな。だから買い換えることにしたんだ」

事件で浮上している乗用車に該当した。

「それ以来、サンタナを見かけませんか」

「直接、会ったわけじゃないが話は聞いた」

「どんな話ですか」

「知り合いが見かけたそうだ。二、三ヶ月前だったか。郵便局でばったり出くわしたといっていた。元気かと声をかけると、住んでいたアパートの荷物をすべてブラジルへ送り返すところだと話してたみたいだな」

男はそこで言葉を切った。

「だから俺は、東京でも仕事が見つからなかったんだと思った。ついてない奴だなと」

亜坂は男の口調が気になった。土橋に視線をやってから尋ね返した。

「ついていない？」

「奴は日本での暮らしになじめなかったんだ」

男はそう前置きすると二人を見つめた。

「俺もルイスも日系ブラジル人だ。日本人の血が混じってる。だが、それが問題でな。俺たち日系ブラジル人ってのは、ブラジルじゃあ日本人扱いだ。そのせいで幼い頃はいじめにあった」

男のいわんとするところが、なんとなく理解できた。

「だが日本にくると、今度はブラジル人扱いされる。つまり俺たちはどこにいても、どっちの国の人間にも思ってもらえず、いつも外国人扱いさ」

男がこちらの求めに応じてルイス・サンタナについて話してもいいといったのは、自身らの不遇を訴えたかったからかもしれないと亜坂は感じた。

「ルイスの口癖は、ブラジルに戻りたいだったな。年寄りの両親がいるんだ。日本でまとまった金を手に入れたら、戻って両親と昔のように牧場をやりたいっていってた。俺が奴について、ついてないっていったのはそのことさ。あんたらはしってるかな」

男はそこまで述べると声を低めた。

「アマゾン水俣病って聞いたことがあるか」

「アマゾン水俣病？　水俣病は日本だけじゃないんですか」

「そうだ。俺はサンパウロの出身だが、奴の田舎《いなか》はパラ州といって、アマゾンの一大支流であるタパジョス川の辺りなんだ」

「するとサンタナの両親は、そこで牧場を切り盛りしていたんですね」

「俺もアマゾン水俣病についてはルイスに聞いて初めてしったんだが、水銀中毒はカナダや中国、世界のあちこちで発生してる。アマゾンで水俣病が始まったのは、一九七〇年代中頃だってさ。まだルイスの生まれる前だ。その頃、アマゾン川で奇形の魚が増えだした」

　亜坂は世界各地で水俣病の原因である水銀中毒が発生している事実を初めてしった。そしてルイス・サンタナは、アマゾン水俣病の現地の人間だったのだ。

「ガリンペイロっていってな。アマゾン川で砂金取りをする山師がいるんだ。昔からアマゾンには一山あてようとする奴らが群がる。それがルイスの子供の頃から、どんどん増えていった」

　男の説明に亜坂は黙って耳を傾けた。

「そいつらは川の砂を採掘して、砂金を精製するんだ。それがひどく原始的な方法でな。採掘した川砂利に水銀を混ぜて燃やす。すると水銀は蒸発するが、砂金は残る。金の性質を利用した精製方法だそうだ。だが問題は、加えた水銀が蒸発しきらないことなんだ。

半分近くは残る。それを奴らは泥と一緒に川に捨てる」

アマゾンの環境汚染は、かつての日本の場合と瓜《うり》二つだった。水俣病に関して図書館で調べた内容そのままの過程ではないか。

「それだけじゃないんだ。蒸発した水銀も空に昇り、やがて雨とともに降ってくる」

「するとアマゾンは、空からの水銀と川の水銀にまみれているのですか」

「そうだ。そんな場所で飼っている牛や豚は、どうなると思う?」

川沿いの牧場で飼われていた牛や豚は、水銀が含まれた川の水を飲み、水銀の雨に育てられた牧草を食べる。そして水銀を体内に蓄積する。食物連鎖の結果だ。

不知火海《しらぬいかい》の猫と同じだ。水銀にまみれた魚を食べた猫たち。百匹の踊り狂って死んだ猫たちそのものだ。それがアマゾンの牧場で起こっていたのだ。

「取り締まるといってもアマゾンの密林に散らばるガリンペイロをどうできる? 一人や二人じゃない。百二十万人近いって話だ。それとも、もっと近代的な採掘方法を強制するか? どうやって? 奴らは貧乏なんだ。だから不法な砂金取りを生業《なりわい》にしてる」

「つまりサンタナは、両親の牧場が水銀被害にあったんですね」

「そうだ。水銀まみれの牛や豚を食べる奴なんかいない。政府からの補償金も当てにはならないさ。なにより風評被害がひどかったそうだ。奴の実家の牧場は、とうとう立ちいかなくなった。だから奴は日本に働きにきたんだ」

男は深い溜息《ためいき》をついた。

「ルイスがどこにいったか、それはしらない。奴がなにをしたかも、俺はあんたたちに訊かない。ただ、奴がついていない男だということは覚えておいてくれ」

ブラジル人工員は話を終えた。亜坂は念のため、男の携帯電話の番号を尋ねた。島へ戻っていく工員と別れて工場を出た亜坂は土橋を見た。

「つながったな。奴は田村和美から水俣病のことをいろいろと聞いたんだろう。環境汚染が世界中で後を絶たないこと。汚染を回復することが困難なこと。金銭問題の解決も容易ではないこと」

「サンタナには誘拐事件に関わる強い動機があったんですね」

「そうだ。しかも二重の意味でだ。ひとつは水銀被害に関する恨み。そしてもうひとつは帰国後の資金だ」

車の前にきた土橋が指示した。

「奴の写真を入手しよう。勤めていた工場で訊くか、外国人登録のものだ。写真が手に入ったら東京へ戻るぞ。聞き込みの報告だ」

そのとき、土橋の携帯電話が鳴った。土橋はなにごとか聞き終えると亜坂に告げた。

「動きがあった。花だ。新邦化学の東京本社に赤い花が飾られた」

亜坂は土橋の言葉の意味が分からなかった。

「花がどうしたというのですか」

「花は昔から合図なんだ。特に赤い花は」

同日夜九時。空は泣き出しそうな様子だった。K署で捜査会議が始まった。亜坂と土橋は群馬で入手したルイス・サンタナの顔写真とプロフィールを報告してあった。

「共犯者が浮上した。名前はルイス・サンタナ。日系ブラジル人で群馬の部品工場に勤めていた」

中上管理官が二人の報告を説明した。

「年齢は三十八歳。足は映像に残されていたF社の黒いセダン。現在も使用している可能性がある。諸君は注意してくれ」

中上管理官が続けた。

「鑑識が殺された田村和美の部屋で採取した指紋は本人以外、一人だけだった。入国管理局に打診したところ、サンタナと一致した。めぐみちゃんはこの男と一緒にいる可能性が高い」

中上は土橋と亜坂がつかんだ情報を捜査員に告げていく。

「サンタナの実家は牧場経営をしていたらしい。しかし環境汚染によって破綻している。その関係で被害者の誘拐に加担したと思われる。本人の顔写真は後ほど配付する。続いて本庁捜査一課からひとつ報告がある」

中上の言葉に一人の刑事が立ち上がった。

「本庁の谷村《たにむら》です。被害者家族が経営する新邦化学を内偵していて、ちょっとした変化がありました。東京本社の受付に赤い花が飾られたんです。それまで受付に花が置かれたことはありません」

講堂の捜査員は沈黙している。しかし空気が張りつめたのは確かだった。亜坂には花の意味はつかめなかった。しかしなにかが動き出しているのだ。谷村が着席すると中上管理官が再び告げた。

「今後は捜査陣をふたつに分ける。ひとつはサンタナの足取りを追う。もうひとつは被害者家族の行動確認をおこなう。行動確認は今晩から開始だ。振り分けを伝える」

被害者家族の張り込みだ。中上は動きがあると考えているらしい。

「本庁捜査一課の土橋巡査部長、K署刑事課の亜坂巡査は行動確認班。今夜の班を引き継いで明朝からの担当」

亜坂は土橋とともに被害者家族の張り込みに回された。忙しくなる。ゆっくり眠れるのは今晩だけだろう。理沙はもう寝ただろうか。

捜査会議が終わり、亜坂は椅子から立ち上がった。

「送りますか」

「いや、まだ電車がある。それにお前も群馬までのドライブで疲れただろう。今晩はゆっくり休め」

土橋はそう告げると会議室を出ていった。亜坂は車でマンションに戻ることにした。到着すると駐車スペースに車を入れ、自宅の部屋を見上げた。明かりは消えている。亜坂は重い足取りを自覚しながらエレベーターに乗った。

捜査はわずかながら進み始め、自分もそれなりの手応えを感じている。しかし事件は今回限りではないのだ。この事件が終結しても次が待っている。

まだ辞める訳にはいかない。金は右から左へと入ってくるものではない。そこまで考えた亜坂の脳裏で自分とルイス・サンタナがだぶった。

金。サンタナの目当ても金なのだ。死んだ田村が一千万の現金を引き出したのは、サンタナに渡すためだ。しかしサンタナは、金を受け取ったが気が変わった。もっと欲しいと考えたのではないか。だから田村和美を殺して事件を丸ごと自分のものにしようとした。

――金は人を鬼にする。狂犬病になった犬のように。

父親が死んだ後の逼迫《ひっぱく》した生活が亜坂の脳裏をよぎった。状況によっては自分もどう転ぶか分からない。

亜坂は自宅のドアを開けた。誰の声も何の物音もしない。がらんと暗い空間が広がっているだけだ。誰もいないことに不満があるのは理沙よりも自身の方かもしれない。

亜坂は廊下から子供部屋に向かった。部屋は昨日、片付けた状態のままだった。亜坂は子供部屋を見回して、あることに気が付いた。伯母《おば》と理沙は一旦、こちらに寄ったようだ。

亜坂は昌子にメールした。長引きそうだという内容だった。そして理沙の部屋で気が付いたことも付け足した。返信はすぐに届いた。

『こっちに持ってきてる』

短い文面だが、亜坂は安堵の息を漏らした。今回、理沙は暴れなかったらしい。そして部屋から持っていったのだ。亜坂が補修した『エルマーのぼうけん』を。破いた本を読み続ける気になったようだ。ただし、それは理沙が本の世界に逃げ込むことと同義だ。

亜坂はけなげな理沙の行動に目頭が熱くなった。

ガラス戸棚のバーボンをグラスに注ぎ、寝室に向かった。着換えると一気にあおった。脳裏に波が起こり、亜坂はふらついた。疲労と今日一日の緊張が亜坂を襲ってきた。

しかし亜坂は眠れなかった。理沙の顔が頭にちらつく。一方で捜査への思いが強く湧いている。バーボンをもう一杯あおった。なんとか亜坂が眠りの世界へ落ちたのは明け方近くだった。

六

七月二十四日、金曜日、午前七時。捜査四日目は小雨がぱらついていた。亜坂と土橋は昨夜の班を引き継いで、港区赤坂にある新邦化学の本社の張り込みを開始した。別の班は佐々木家、祖父宅をマークしている。

報告では佐々木夫婦、祖父の啓治のどちらも自宅にこもっているとのことだった。二人が新邦化学本社の張り込みを担当することになったのは、土橋が中上管理官に上申したからだった。土橋には思うところがあるようだった。

「動きがあるでしょうか」

車中で亜坂は尋ねた。二人の車は本社の裏手の出入口が見える道路に停《と》まっていた。表の入口は別班が担当している。

「ニゴリ。サンタナについてどう思う?」

土橋はポケットからキャンディを取り出すと口に放り込んだ。思考が似てきたのだろうか。昨夜、同じことを考えた。

「なぜ田村和美を殺害したのか、ですか」

「ひとつはな」

「サンタナが共犯者になったのは、汚染の告発に共感したからですよね」

「最初はな。そして田村和美から一千万円の金を受け取った。つまり奴《やつ》の仕事はそこで終わっているはずじゃないか？」

「つまり事情が変わったということですか」

「サンタナは田村和美と共謀し、告発を目的として一度、めぐみちゃんを誘拐しているんだ。しかしもう一度、連れ去った」

「もはや告発が目的ではない」

「そうだ。奴がめぐみちゃんを連れ去ったのは新たな目的からだ」

「金ですね」

「塩が利いてるな。となれば、奴は必ず身代金を要求してくる」

「すると受付に飾られた花とは、サンタナの要求を了承したという合図なのですか」

亜坂はやっと花の意味を把握した。土橋の示唆が正しければ、被害者家族は警察を見限って、犯人との取引を選んだことになる。

「覚えているか。あのときの爺《じい》さんの言葉を」

土橋と祖父の佐々木啓治との悶着《もんちやく》の際のことだ。

「爺さんは俺に、お前なんか信用するかと怒鳴った。あれは真意なんだろう。あの家に田村和美殺害の報告にいったとき、我々の言葉に答えたのは祖父の啓治だけだった」

「佐々木啓治のみが応答したのが作用ですね。ただ母親のみつえも話しましたが」

「あれは答えたんじゃない。心配したんだ。だから泣き出しただろ」

「つまり、他の家族は答えなかったことが反作用なんですね」

「田村和美の日記にもあった。家族関係に注意しろと。佐々木啓治は一人で応対した。まるで家族を代表しているように思えないか。つまり一家の中で一番、発言権があるのは、祖父の啓治ということだ」

亜坂は真意が理解できた。啓治がサンタナとの取引に応じることを決めたのだ。経緯の詳細は不明だが、息子夫婦はそれに従っている。

「今、ひとつとおっしゃいましたね。別にもあるのですか」

「ルイス・サンタナとは誰なんだろうか？」

土橋のつぶやきを亜坂は理解できなかった。サンタナが誰であるかもだが、土橋の質問の真意もだ。土橋はなにかを伝えようとしている。それは理解できるが、考える手だてが見当たらなかった。

「メモしておきます。奴が誰か」

「ニゴリ、昨夜は塩鮭を喰《く》ったな？」

「土橋さん、塩分の摂《と》りすぎは体によくないんですよ。それに糖分も」

土橋は口の中でキャンディを転がしながら告げた。

「姉みたいなことをいうな。いいか、昨日の内に花が飾られたということは、すでに脅迫状が届いていたということだ。時間経過を考えると、サンタナは田村和美を殺す前に脅迫状を送っていたんだろう」

土橋はキャンディを噛《か》んだ。そしてしばらくして続けた。

「しかし、我々は奴を取り逃がした。だから爺さんは烈火のごとく怒り出したんだ」

「奴はすでに花を確かめたでしょうか」

「おそらくな。花が飾られて一日が経過している」

土橋は裏口に目をやった。

「でかい会社だな。この規模なら海外との取引もあるだろう。おそらくあの爺さんはしっているんだ」

「なにをですか」

「誘拐犯が事件後、どんな行動を取るかを」

「奴は何をするんです？」

「高飛びだ。爺さんが犯人を日系ブラジル人だと把握しているかどうかは分からない。しかし相手が高飛びすれば、厄介なことになるとは分かっている」

「つまり、犯人の引き渡しですか」

「そうだ。日本はアメリカと韓国以外は、犯罪人引き渡し条約を結んでいない」

「ブラジルともですね」

「厄介なことに、ブラジルは憲法で他国における犯罪行為のいかんを問わず、国内の人間の身柄を引き渡さないという法律を定めている」

「だから犯罪者が逃げ込むのですね」

「爺さんはそのことをしっているんだろう。もし犯人がブラジルに逃げ込めば、検挙は不可能だと」

「つまりめぐみちゃんを取り戻すには、今回しかチャンスが残っていないと考えた」

土橋はうなずいた。会話はそこで途切れた。

時間がゆっくりと過ぎていった。時刻は午後に入った。新邦化学に目立った動きはなかった。無線の連絡でも被害者夫婦、祖父ともに自宅から外出していない。

「ニゴリ、なぜお前が俺と組むことになったか分かるか」

しばらく黙っていた土橋が口を開いた。亜坂は捜査一日目の会議の様子を思い返した。

「もしかして、署長の指示ですか」

会議の途中で席を立つとき、香坂署長はちらりとこちらに視線をやり、本庁の中上管理官になにか告げた。所轄の新米と本庁のベテランがコンビを組むのは、教育も兼ねてよくあることだ。だから不自然に思わなかった。

「香坂署長が私と土橋さんを組ませたのは、教育を兼ねてではないのですか」

「今日は分かりませんと答えないな」

土橋がにやつきながら続けた。

「署長について、お前はどのくらいしっている?」

改めて尋ねられると、ほとんどしらなかった。自身は新米の刑事、しかも巡査に過ぎない。署のトップである署長と接する機会は皆無に等しい。分かっているのは警視正という階級ぐらいだった。

「詳しくないようだな。まあ当然だろう。香坂署長は自分のことをしゃべりたがらないからな」

土橋の言葉に亜坂は怪訝《けげん》な思いがした。土橋は署長と親しいのだろうか。捜査の関係で、なにか交流があったのだろうか。

「香坂署長もあと数年でリタイヤだ。あの人のことだから天下りはしないだろうな」

土橋の口ぶりは香坂署長の性格まで分かっているようだった。

「あの人はノンキャリアでたたき上げて、警視正にまでなった。そして所轄の署長として定年を迎える。それがどのくらい大変なことかはお前にもわかるだろ」

亜坂はうなずいた。警視正はノンキャリアが望めるトップクラスの出世だ。

「香坂署長は、お前に目をかけてくれているんだ」

「まさか……」

土橋の言葉に亜坂は驚いた。まったくそんな気配は感じなかった。

「天下りせずにリタイヤする警察人が望むことは、なんだと思う?」

「さあ。家族サービスとか、のんびり過ごすことでしょうか」

亜坂の答に土橋が声を出して笑った。

「ニゴリ、お前はときどき鋭いところがあるが、年寄りについてはからきしだな。後輩だよ。自身の後を継いでくれるような警察官を育てることだ」

亜坂は耳を疑った。土橋の話が本当だとして、警察を辞めたいとさえ考えている自分に、署長はなぜ目をかけるのか。

「どうして自分かと思っているんだろ。俺もそうだった」

土橋は告げた。亜坂は、同じ言葉を以前にも聞いた気がした。

「香坂署長は、母子家庭に育ったんだ。お前と同じ境遇だった。そして刑事となり、苦労して警視正まで登りつめた。だからお前にも、警察の人間として、一人前になってほしいんだよ」

「本当ですか。とても信じられません」

「お前の耳はどうなってるんだ?　目や鼻や舌に比べて働かないのか。今、いっただろ。あの人は、お前に刑事の才能があると考えている。前に教えただろ。刑事に必要なのは五感なんだって。香坂署長も目配りはきくんだよ」

亜坂にとって土橋の発言は、驚きの連続だった。寡黙な署長の顔が脳裏に浮かんだ。署のトップが自分に注目し、目をかけるばかりか、刑事としての才能に着目している。

本当だろうか。だとしたら、期待に応えるために自分はなにをすればいいのか。答が思いつかなかった。ただ黙っているしかできなかった。


時間が流れ、夜が近づいていた。張り込みは夕方を迎えている。やがて新邦化学は退社時間になるだろう。土橋が述べたように事態は動くのだろうか。張り込みは夜を徹してだ。亜坂は土橋と翌朝の引き継ぎまでここで行動確認を続けなければならない。

「疲れてるのか?」

黙っていた土橋が尋ねた。声をかけられ、ついウトウトしていたことに気付いた。亜坂は正直に答えた。

「実は昨夜、あまり眠れなかったもので」

「なら、交代で休もう。これからどう転ぶか分からん。動きが出たときに、体がいうことをきかないと困るからな。じゃ、年寄りから先に休ませてもらうぞ」

土橋は助手席を半ば倒した。そして目を閉じた。土橋の顔は初めて会ったときとは比べものにならないほど、赤黒く濁っている。目の下には隈《くま》が出ていた。脂っ気のない髪が、土橋の疲労の深さを物語っている。連日の捜査で疲れがとれないのだろう。

老人ホームにいる母親の心配もある。それでも、わずかな手がかりをもとに犯人を追う土橋の執拗《しつよう》さを思いしった。かすかな匂いを嗅ぎ、どこまでも走り続ける猟犬。それが警察官なのだと土橋の姿は伝えている。

理沙はどうしているだろうか。伯母の家で童話を読みながら、父親が早く家に連れて帰ってくれるのを待っているだろうか。焼きたてのおいしいパイを待ち望んでいるだろうか。なによりこちらのスキンシップを欲しているだろうか。

新邦化学の裏口に視線をやりながら、亜坂の脳裏になにかが浮かんだ。穏やかな光景だった。夕暮れどき、目の前に小さなタグボートがある。辺りには人の気配はない。

——神戸港。

ポートタワーの先の突堤をぶらついていたときの思い出だ。確か高校生になっていたはずだ。ボートには小さな明かりが灯《とも》っている。

脳裏に音がよみがえった。こんこんとなにかを叩《たた》く小さな音。タグボートから聞こえてくる。まな板の音だ。ボートの中で食事の準備をしているのだろう。誰かが夕餉《ゆうげ》を迎えようとしているのだ。

なぜ一人で夕暮れの神戸港にいったのか、理由はまるで思い出せない。ただ甘い痺《しび》れが亜坂の胸に湧いた。回想は哀愁を感じさせる。

分からなかった。どうして、こんなシーンが突然よみがえったのだろう。このとりとめのない回想は自分になにを伝えようとしているのだろう。

しばらく経《た》ってやや躊躇《ちゅうちょ》したが土橋を起こすことにした。土橋がいったように、動きがあった場合に備えて自分も休んでおかなければならない。

亜坂は運転席を倒し、目を閉じた。脳裏に波が感じられ、そこへ落ちていく。そう感じたとき、意識が消えた。

「ニゴリ」

隣から声がかかり、亜坂は目が覚めた。頭はまだ重いが、疲労感は多少、薄らいでいた。車の窓を叩く、くぐもった音が耳に届いた。亜坂は外に目を凝らした。雨が本降りになっている。

「新邦化学はさっき退社時間を迎えたらしい。社員が続けて出ていった」

「動きはどうですか」

「今のところはない。被害者宅の方も無線連絡によると、変化は見られないそうだ」

佐々木夫婦や祖父の啓治には、それぞれ張り込み班が振り分けられている。班同士は定期的に無線で連絡を取り合うことになっていた。亜坂は鈍い首筋を拳で叩いて意識をしっかりさせた。溜息《ためいき》がひとつ漏れた。

「必ず動く」

亜坂の嘆息に土橋はいたわるように小さく告げた。外では強い雨足が煙のように立ちのぼっている。土橋が雨に浮かび上がる新邦化学のビルを見上げた。

「重役陣がいるのは上層階だったな」

新邦化学本社の内偵情報は、事前に捜査陣へ届いていた。社長や会長、取締役らが使っているのはビルの最上階だ。亜坂もそのフロアに視線を送った。雨の中、最上階の明かりが尾を引くように灯っている。

「あのフロアが第三の可能性だ」

「第三ですか」

「動きがある第一の可能性は佐々木夫婦。第二が祖父の啓治。そして第三が彼らと近しい重役陣だ」

亜坂は土橋の言葉に思いを巡らした。確かに第一、第二に続く可能性ならそうだろう。一介の平社員が身代金受け渡しの大役を担わされるとは考えづらい。家族以外なら信頼の置ける人物が抜擢《ばってき》されるはずだ。

しかし土橋は、佐々木夫婦でも祖父でもなく、新邦化学の本社を張り込む班を上申した。第一、第二の可能性を捨てて、第三の可能性に土橋がこだわっているのには、なにか理由があるはずだ。亜坂は土橋の言葉を待った。

「さっきサンタナの新たな目的について話したな。だが、まだ話していないことがある」

「サンタナが誘拐目的を身代金に変更したという内容ですね」

「田村和美はとても周到だった。彼女の計画はほぼ万全だったと思えないか」

亜坂は土橋の言葉に同感だった。計画の周到さは日記の記述からもうかがえる。子供が興味を持つ童話を選び、子犬を囮《おとり》に使い、監視場所では壊した鍵の代替品を残すことで入居者の仕業だと思わせた。犯行車両を盗む場所、乗り捨てる場所も事前に調査するなど、どの手口にも相当の注意が払われている。

切手に付着していた金属粉の正体に気が付かなければ、田村にはたどりつけなかっただろう。だが我々は、ここまで捜査を進めた。そして今、土橋は第三の可能性にこだわっている。

「田村和美の万全だった計画は、サンタナにとっても同じはずなんだ」

土橋は雨に煙る外を見つめながら続けた。

「サンタナは報酬の一千万円を受け取って、そのまま高飛びしてもよかった。だがそうせずに、田村和美を殺した。ニゴリ、どう思う?」

「金のためでしょう。奴は二重の動機を持っていたから」

「違う。さっきの話は、サンタナの動機についてだった。だが、俺が今いっているのは動機じゃない。理由だ」

「動機と理由は違うのですか」

土橋は上着のポケットに手を入れた。そして例の黄ばんだメモの束を取り出した。

「ここを読んでみろ。強盗事件で犯人が仲間割れしたケースに関するメモだ」

亜坂は土橋が指さしている部分を目で追った。

「そうじゃない。声に出して読むんだ」

「裏切りは危険な行為だ。どんな確証があったのか」

亜坂が口にした言葉に土橋がうなずいた。

「これが理由というやつだ」

「つまり土橋さんは、サンタナには裏切っても大丈夫だという確証があったと考えているのですね。だから田村和美を殺した」

亜坂は土橋のいう動機と理由の違いが、おぼろげに理解できてきた。動機とは心理的なもので、ルイス・サンタナの場合は、母国に持ち帰る金が欲しいということになる。

しかし理由とは、そのために殺害を決行したきっかけのようなものなのだ。確かに一千万円の報酬で満足できないのであれば、殺害せずとも、さらに要求すればよい。田村和美は豪華なマンションに暮らしていたのだ。金があるだろうとは予測できる。

しかし奴はそうしなかった。理由があったからだ。裏切っても大丈夫だと思える確証が。

「サンタナは、田村和美の周到な計画を目の前で見ていた。そして計画は練られたとおりに進展していった。そして奴は田村和美を殺す。どう思う？」

「サンタナは田村和美から学んだ。俺一人でもできると」

「そうだ。犯罪には綿密で周到な計画と慎重さが必要なのだと。だとしたら、もっともマークされるだろう人間を、直接の取引相手に指定すると思うか」

やっと亜坂は土橋が第三の可能性にこだわっている訳が理解できた。土橋はルイス・サンタナの心理を考えた上で、新邦化学の本社の張り込みを選択したのだ。

「歳《とし》を取ると張り込みはこたえるな。悪いが、もう少し休ませてもらうぞ」

土橋は助手席のシートを半ば倒した。雨が車の窓を叩いている。外は白く煙り、新邦化学のビルはうち捨てられた巨大なロボットのように浮かび上がっている。目を閉じた土橋がぽつりと告げた。

「今のメモは誰のものだと思う？」

亜坂は土橋の言葉を思い出した。土橋は自分と同様に、分かりませんとよく答えていたと聞いた。誰にか。土橋に刑事のイロハを叩き込み、メモを託した人物。先輩刑事だろう。

「土橋さんの先輩刑事というのは」

亜坂が名を挙げようとしたとき、土橋が小さく笑った。

「そうだ。香坂さんだ」

体が揺すられている。その振動で亜坂は目を開いた。外は暗く、車の窓を打つ雨の音はまだ続いている。雨足はますます強くなっており、止《や》む気配がなさそうだった。

「消えたぞ」

土橋の声が隣でした。少し前、土橋と交代して眠りに入った。あれからどのくらい経ったのだろう。鈍い頭で腕時計を確かめる。十時を過ぎていた。雨に煙る新邦化学のビルを亜坂は見上げた。

消えたというのは新邦化学の重役らが使う最上階の明かりのことだった。数分後、裏の出入口に五十絡みの男が一人で現れた。手にしていた傘を差すと外へ出る。小太りで背の低い体軀《たいく》だった。誰であるかは分かった。

内偵情報から、専務の一人だと聞かされていた男だ。専務は強い雨足の中、確信のある足どりで歩き出す。向かうべき先が決まっているらしい。

「動いた。ニゴリ、連絡だ」

指示されて亜坂は携帯電話で報告した。専務は肩にビニール製のリュックサックを下げている。年齢や役職からしても不釣り合いな廉価品だ。私物ではないだろう。別の目的のために用意されたものと考えられた。

不意に専務は立ち止まると、腕の時計を一旦確かめた。時間を指示されているのか。あるいは目的地まで、どのくらいかかるかを計算しているのか。再び歩き出した専務は、地下鉄赤坂見附《あかさかみつけ》駅の方角へ向かっている。

「仕方ないな。俺たちも車を降りて追うしかない。連絡しておけ」

亜坂は指示されて専務が徒歩で移動を開始したこと、自身らもそれを徒歩で追跡することを携帯電話で伝えた。返答が返ってくる。尾行の了承と共に、表入口の担当班には引き続き、動向を見張らせるとの内容だった。つまり専務を追うのは、亜坂と土橋の任務となる。

「都内の地図を出すんだ」

傘を手に車を降りる土橋が指示した。亜坂はダッシュボードから首都圏のポケット地図を手にすると続いた。

「この時間だ。一般の鉄道を利用するなら、それほど遠くまではいけない」

二人は路上に車両を置いたまま、距離を保って専務の後を追った。雨足は一向に収まらない。しかしそのおかげで、傘で顔を隠すことができる。

専務は赤坂見附駅に着くと、自動改札から構内に入った。亜坂と土橋もＩＣカードで改札を抜ける。ホームには客がちらほらとうかがえた。

すぐに列車が入ってきた。専務が乗り込むのを見届け、亜坂と土橋はひとつ離れた車両に入った。小太りで背の低い姿は、空いた席があるというのに立ったままだ。そして四ッ谷《よつや》に着くと、列車を降りた。隣接するJR四ツ谷駅へ向かい、再び構内に入る。

「地下鉄からJRに乗り換えたということは、多少距離があるな」

土橋が告げた。二人も構内に入った。リュックを肩にした後ろ姿は、中央線の下りホームへと階段を降りていく。

「多摩方面だな」

その言葉に亜坂は携帯電話で専務の動向を連絡した。確かに多摩方面なら、ルイス・サンタナにも地の利があるはずだ。田村和美のマンションは立川だし、犯行車両を乗り捨てたのは奥多摩だ。

時刻は十一時。ホームに雨がしたたってくる。入ってきた特別快速高尾《たかお》行きに、小太りの体軀が乗り込んでいく。亜坂らも別のドアから続いた。車内は湿った空気に包まれている。

「連絡をこまめに取れ。最終地点が把握できたら応援要請をかけよう」

亜坂はうなずいた。車内はかなり混んでいた。目を閉じている者が大半だった。なんとか行動を目で追った。専務がちょうど空いた席に腰掛ける。やはり目的地まで少しあるらしい。

「話をしている振りをするんだ。混んでいるとはいえ、下手《へた》に動けば相手に気付かれる恐れがある。だが、鉄道はある種の密室だ。こちらも相手をしっかり監視できる」

土橋が指示した。列車は四ツ谷を出発し、雨の中央線を下っていった。新宿を過ぎ、中野、三鷹《みたか》になっても専務は立ち上がる気配を示さなかった。ただ目は閉じていない。中空を凝視し、姿勢を崩していない。

「三鷹、通過」

亜坂が携帯電話で連絡した。二十分ほど経過していた。高尾に向かう列車は国分寺に近づいている。席に座る専務の様子が次第に変わってきた。落ち着かなげに何度も窓の外を確かめている。

「近いぞ」

土橋が告げた。同時にドアに向かう。亜坂もならった。

「夜の列車は鏡を持っているんだ」

見ると土橋は、ドアにもたれるようにやや斜めに立っている。亜坂は意味が理解できた。外は夜。しかも雨だ。その暗さがドアのガラスを鏡にしていた。斜めに立つと、混み合う車両でも相手が観察できた。

列車が国分寺を過ぎた。専務が立ち上がった。しかしまだ降りない。リュックサックの肩ひもを強く握っているのがガラスに映っている。

『国分寺、通過』

亜坂は連絡をメールに切り替えた。列車はさらに進み、国立を過ぎて立川に近づいた。専務の肩が動き、大きく息を吐くのが分かった。立川でドアが開く。専務がホームへ降りていく。亜坂と土橋も続いた。夏なのに雨のせいか、意外に寒い。

専務は傘を手にしてホームの列車案内を確かめている。亜坂も離れた位置で電光板を見上げた。連絡する列車が表示されている。

「二十三時三十六分、奥多摩行き最終の青梅線か」

土橋がつぶやいた。その言葉に亜坂はメールで捜査本部に連絡した。

『受け渡しは奥多摩方面の模様。応援を要請』

このメールで捜査本部は慌ただしさを増しただろう。大声の指示が飛び、本庁の機動捜査隊、K署の車両も続々と奥多摩街道へとスタートしたはずだ。

専務は青梅線のホームから列車に乗り込んだ。最終駅の奥多摩までは二十四駅。そのどこかでルイス・サンタナは取り引きを行うことになる。

「最終か。やはり知恵を付けやがったな」

ひとつ離れた車両に入ると土橋がぽつりと漏らした。浮かない口ぶりだった。

「サンタナは金を届けにきた相手の動きを封じるつもりだ。最終列車を降りたら、帰る電車はない。山中ではタクシーを拾うのも困難だ。動きようがない」

列車は鈍い音を立てて走り出した。動向を探る内に立川から五つ目の駅、拝島《はいじま》にきた。

専務は席に着いている。

『拝島、通過。未《いま》だ奥多摩方面へ』

亜坂がメールを送る。サンタナは尾行に注意せよと指示を出さなかったのだろうか。それとも警察に連絡することはないと高《たか》をくっているのか。ここまでスムーズに尾行が続いているために、逆に亜坂の脳裏に疑問がよぎった。

じりじりと時間が過ぎていく。列車は奥多摩へと走っている。どこまでいくつもりなのか。ルイス・サンタナはどこに潜んでいるのか。めぐみちゃんは無事だろうか。亜坂は胸が焼けるような思いだった。

夜が深い。山間《やまあい》のために、雨は今までよりも強い。列車は都心とは比べものにならない闇の中を疾走していく。それでも併走する道路で、ときおり車のヘッドライトが窓の外を照らし出した。

青梅駅を越えると、辺りの風景が変化した。多摩川の川幅がせばまり、蛇行を始める。時刻は深夜零時を過ぎた。

『青梅通過』

メールを打ちながら亜坂は不安を覚えた。ここで犯人を取り逃がすわけにはいかない。残す駅は十数駅だ。仲間はこちらに急行しているだろうか。

亜坂はつとめて心を落ち着かせようとした。二俣尾《ふたまたお》、軍畑《いくさばた》、沢井《さわい》。専務はまだ列車を降りない。御嶽《みたけ》を過ぎ、川井《かわい》に近づいたとき、とうとう専務が立ち上がった。傘を握り直している。

『川井、下車近し』

メールを打つ。専務は立ったままだった。列車が川井を出た。土橋が立ち上がった。次の駅は古里《こり》。亜坂も立ち上がった。

列車が止まり、ドアが開いた。川の音が耳に届いた。強い流れだ。雨のために増水しているのだ。専務が車両を降りた。それを確認し、亜坂もホームに出た。相手は改札の方へ歩き出している。

『古里下車』

連絡を終え、亜坂は視線を送った。改札は無人だった。ルイス・サンタナはどこか。亜坂は周囲に目を走らせた。改札の向こうは小さな広場だった。しかし雨の中に人影は見受けられない。専務に悟られないように、亜坂はホームの暗がりで動向を待った。

すぐに広場に人影が現れた。人影は専務に近づく。やせぎすの背の高い男だった。亜坂は目を凝らした。サンタナではない。背広姿で傘を差している。現れたのは新邦化学の重役の一人、常務だった。事前に内偵情報で伝えられていた人物だ。

受け渡し役は専務一人だととらえていたが、もう一人いたのだ。張り込みでは気が付かなかったが、終業時間よりずっと以前にこちらに向かい、待機していたのだ。

二人は駅前広場の暗がりに歩み寄った。亜坂は背後を振り返った。土橋も亜坂同様に動向を見守っている。

やがて二人が広場の街灯に照らし出された。うなずきあって歩み出す。そして線路に沿った道路に出ると、二手に分かれた。

亜坂と土橋も広場に出た。尾行を続けていた専務は肩にしていたリュックは持たず、片手に傘を差したままだ。一方、常務はリュックを担いでいる。

なにも持たない専務は、駅前の道路を一駅先の鳩ノ巣《はとのす》方向に歩き出している。常務は逆に電車できた川井駅方面へと戻っていく。反対方向へ二手に分かれる計画なのだ。

「デコイだ」

すぐ横で土橋のつぶやきが聞こえた。

「おそらくサンタナの要求だろう。どちらかが本当の受け渡し役で、どちらかが囮だ」

土橋の意図は理解できた。ただ問題なのは、どちらを追うかだ。

「本部に連絡しろ」

土橋が横で告げた。亜坂は本部にメールを打った。

『受け渡し役は二人。専務は鳩ノ巣駅方向、常務は川井駅方向へ別々に移動中』

スムーズに続いた尾行がここにきて、思わぬ展開を見せた。応援隊は混乱していないだろうか。しかし現場に立ち会っているのは自分と土橋だけだ。相手二人はすでに移動を始めている。急がなければならない。亜坂は確認した。

「どちらが受け渡し役でしょうか。それとも二カ所で取り引きするのでしょうか」

「いや。サンタナは単独犯だ。受け渡しを一人で連続してできるとは思えない」

別々に去っていく相手を眺めながら、駅前の広場で土橋はしばらく考えていた。

「二手に分かれますか」

「駄目だ。尾行は二人一組が大前提だ。下手をすると命に関わる場合がある」

亜坂の問いに土橋が告げた。

「地図を出してくれ」

亜坂はポケットにあった地図を渡した。

「まずいな。ここから先の鳩ノ巣方向は多摩川の左岸に道路はない。仲間の車両は上流への一本道しか使えない。連絡だ。第七機動隊に捜査協力の要請だ」

第七機動隊は、多摩川を専門とする水場の捜査部隊だ。土橋は川を利用される危険性を考えているのだ。亜坂はメールで土橋の指示を伝えた。

「我々は？」

「専務を追う。川を使われるのは危険だ。常務の方は仲間を信じてまかせよう」

「なぜですか」

「ニゴリ、専務と常務じゃ、どっちが偉い？」

「専務です」

「そうだな。だとしたら、会社のトップは難しい仕事をどっちに任せる？」

「しかし、リュックを受け取ったのは常務です」

「ニゴリ、金の価値は重さか。サンタナがいくらを要求したか分からないが、身代金が必ず重いとは限らないだろ」

「つまり、現金ではないというのですか」

すでに五分ほどが過ぎていた。亜坂は専務が去っていった上流へ目を凝らした。まばらに並んだ街灯が、線路沿いの濡《ぬ》れたアスファルトを照らしている。

その光の中、道路の左手に多摩川を見ながら専務の小太りの背中が小さくなって道を進んでいる。本当にこちらが受け渡し役なのだろうか。賭けていいものだろうか。

「本部に連絡だ。距離を保って尾行を続けるぞ」

亜坂の迷いを正すように土橋が告げた。亜坂は捜査本部にメールした。

『追跡班は専務を尾行。川井駅方向へ向かう常務の尾行を至急、引き継ぎたし』

傘で顔を隠した土橋が歩き始めた。亜坂も続いた。専務の傘は二人の先を小さなシルエットになって揺れている。道を行くのは専務一人。山間の無人駅だ。しかも深夜。人の姿は見当たらない。

常務の登場で捜査が攪乱《かくらん》された。対応が後手に回っている。応援隊は二手に分かれるはずだ。

——常務の方の尾行は間に合うだろうか。もしあちらが本命なら、受け渡しの現場を押さえることができるだろうか。

亜坂は胸中の不安をうち消した。仲間はそう遠くではないはずだ。それにトップ陣は緊急配備を手配しているだろう。取り引きを終えられた場合は道路は即座に封鎖される。都心のように雑踏や車で邪魔される恐れはない。ルイス・サンタナがどこかに逃げようとしても、その時点で袋の鼠《ねずみ》だ。捕縛は難しくないはずだ。

すでに事件発生から五日が過ぎている。亜坂はめぐみちゃんの無事を祈った。同時に理沙の姿が脳裏をかすめる。

——理沙、もうすぐ終わる。待っていろ。

さらに十分ほど過ぎた。専務はすでに五百メートル以上歩いている。しかし前方に見える傘は立ち止まる気配はない。川の音が強まった。どこまでいくつもりなのかと亜坂が疑問に思ったときだった。

専務の傘が不意に消えた。土橋が足を速めた。亜坂も追う。少し先に小さな橋が見えた。車両を乗り入れることができない吊り橋《つ》だった。専務はその橋を渡っていく。

吊り橋の先は山道だった。暗い山林に続いている。橋の中ほどにきた専務が立ち止まった。傘が揺れる。橋の下を確かめているようだ。

亜坂は走った。土橋を追い抜き、橋のたもとで下をのぞき込む。暗闇に小さなライトが光っていた。顔を上げると専務が懐からビニールの包みを取り出している。ライトに向けて専務が包みを投げた。包みは橋の下へと影になって落ちていく。

「受け渡しです。鳩ノ巣手前の吊り橋から身代金を投げました。犯人は川にいます」

亜坂は携帯に告げながら橋の下を見た。ライトはなめらかな動きで、やや下流の左岸へ向かっている。カヌーかボートらしい。橋の上の専務は虚脱したように立ちつくしていた。傘がわななくように揺れ、彼が任された役割のわびしさを伝えてきた。

「犯人は左岸へ逃走。至急、応援をお願いします」

亜坂は雨に濡れた橋を走りながら携帯に叫んだ。小さなライトの行く先を見落とすまいと視線を凝らした。応援はまだこない。二手に分かれたことで遅れているのだ。亜坂は背後に叫んだ。

「土橋さん、サンタナは左岸です。林道に向かう様子です」

答はなかった。亜坂は再び告げようと背後を振り返った。専務の後方で土橋が倒れていた。うつぶせになり、四肢を痙攣《けいれん》させている。

「土橋さん」

亜坂は傘を投げ捨て、叫びながら駆け戻った。土橋の顔は生気がなく、土気色をしている。

「土橋さんが倒れました。至急、救急車を」

亜坂は携帯に叫んだ。彼方《かなた》で闇にサイレンが響いた。それが近づいてくると急停車する音が道路できしんだ。続々とパトカーが到着した。橋を駆けてくる刑事らの濡れた足音がいくつも続く。

「奴はどこだ?」

声は垣内のものだった。土橋の痙攣はまだ続いている。亜坂はかたわらにかがみ込んだまま、叫んだ。

「向こうです。左岸へ。犯人はカヌーかなにかで向こう岸に向かいました」

声を発した亜坂は土橋の肩を抱き起こした。土橋の顔は雨で濡れ、髪から滴がしたたっている。どうすべきか迷った。ルイス・サンタナを追うべきか。それとも土橋に付き添うべきか。

「お前はくるな。足手まといだ」

垣内の叫びが耳に届いた。亜坂は立ち上がれなかった。刑事らはルイス・サンタナを追って橋を渡りきり、雨に煙る左岸へ走っていく。捜査陣が集結し、辺りが騒然としてきた。亜坂はまだかがみこんでいた。

尾を引くような赤い照明が視野の端にとらえられた。救急車が到着したのだ。隊員が担架を持って道路の方から橋を渡ってくる。わずか十分に満たない出来事だったろうが、亜坂にはひどく長い時間に思えた。

「病人は？」

「こっちです。急に倒れたんです」

亜坂は叫んだ。隊員は駆け寄ると土橋の様子を探っている。次に担架に乗せ、酸素マスクを当てた。

「急いで搬送します」

隊員が土橋を救急車に運び込んだ。亜坂も一緒に乗り込んだ。車が走り出す瞬間、亜坂は窓から橋にたたずむ専務に視線をやった。捜査員の一人がその小太りの体躯と対峙《たいじ》し、事情聴取をしている。

「同僚の方ですね？　ご家族に連絡できますか？」

隊員の質問に亜坂はうなずいた。そして土橋の内ポケットを探った。携帯があった。取り出すとリストを調べた。老人ホームで会った土橋の姉は良子といったはずだ。

「あまりかんばしくありません。以前にもこんなことがありましたか」

隊員は土橋の容態をチェックしている。亜坂は事情にくわしくはない。ただ老人ホームで土橋の姉がいった言葉を思い出した。

「持病があったのかもしれません」

「青梅の総合病院に搬送します。集中治療室に入ることになります」

土橋の姉の番号が見つかった。呼び出し音がしばらく続き、相手が出た。

「夜分、失礼します。先日、老人ホームでお会いした亜坂です。土橋さんが倒れました。今、救急車で搬送中です。事情がお分かりですか」

亜坂の耳に相手の息を呑《の》む音が伝わった。

「脳梗塞《のうこうそく》です。以前も一度、倒れています」

その言葉をそのまま救急隊員に伝えた。良子には青梅の総合病院に搬送されることを告げ、電話を切った。

老人ホームで体に注意しろといったのは、このことだったのだ。張り込み中、交代で休もうと提案したのも。土橋は持病を抱えながら無理な捜査を続けていたのだ。

救急車は先ほどまで専務を追ってきた山道を戻る。尾を引くサイレンの音を聞きながら亜坂は思った。

――こんなはずではなかった。すぐそこまで犯人を追いつめたのだ。あと一歩というところだったのに。

しかし猟犬は倒れた。執拗な捜査を続け、犯人の後ろ姿をとらえる寸前で狩りは頓挫した。亜坂は唇を噛んだ。暗い林道がうとましかった。

――サンタナを追うべきだったのだろうか。

亜坂は橋で垣内に止められた際の躊躇をまだ抱えていた。救急車は青梅市街に入った。

山間の風景が近代的なものになる。

病院に着いた。雨の中、玄関の照明がストレッチャーを照らし出している。宿直の医師と看護師らが救急車の周りを取り囲み、慌ただしく土橋を院内に運び込んでいった。

亜坂はICUの前まで付き添った。そこから先は自分にできることはなにもない。ICUの青いランプが灯った。亜坂はそれを確認し、玄関へ向かった。

もし橋の上で土橋の意識があったなら、なんと自分に告げただろう。答は分かり切っていた。しかしそれができなかった。

傘は捨ててきた。外へ出た亜坂の頬に雨しずくが降り注いでくる。亜坂は携帯電話を取り出し、捜査本部に連絡した。

「本部」

短い返答をしたのは、驚いたことに香坂署長本人だった。

「今、土橋さんを青梅の総合病院に搬送しました。集中治療室で看護を受けています。容態はかんばしくないようです」

「そうか」

一言だけの応答だった。署長の胸中が痛いほど伝わってきた。亜坂は肝心の質問を切り出した。

「犯人は？」

署長は答えなかった。亜坂は事態を理解した。電話を切るとしばらくたたずんでいた。目に雨が沁《し》みた。頭の中に黒い粒子が広がり、鈍い羽音を響かせる。

《木偶《でく》の坊《ぼう》》

羽音は嘲笑している。後悔が亜坂の胸を突いていた。

あのとき、躊躇せずに自分が追っていれば事態は変わっていただろうか。ルイス・サンタナを捕縛し、めぐみちゃんを無事に保護することができたろうか。亜坂は思わずつぶやいていた。

「土橋さん、分かりません」


あなたと出会い、私はいろいろなことを学んだ。私の故郷で起こったのと同じ出来事が、ずっと以前にこの日本でもあったこと。故郷と日本だけでなく、世界各地で発生していること。そして誰もそれに関心を示さず、つぐなってはくれないとあなたは教えてくれた。いつも、そうなのだと。

あなたがO町に取材にきたのは、何年前だろう。小さな喫茶店で二人きりで話した。あなたは私の出身地を聞き、アマゾン川で起こったことに同情し、一緒に怒り、両親の不幸を嘆いてくれた。そして教えてくれた。私の見聞した猫がそうだった。アマゾンの魚と同じだった。だが、牧場の再建は難しいだろう。アマゾンの汚染はたやすく回復できるものではなく、どのくらい続くのか分からないからと。

あなたが最近になって不意に連絡してきたとき、私はいぶかった。私の近況について尋ね、首になったことを聞き、だったら相談したいことがある、東京に出てきてくれ、金になる仕事をしないか、とあなたは誘った。だから私は友人から車を安く買い受け、東京に向かった。少しでも金を稼ぎたかったからだ。

東京であなたの計画を聞いたとき、私は耳を疑った。私はあなたを正義の人だと思っていたからだ。あなたは立川の部屋で力説した。一緒に糾弾しよう。一矢《いっし》を報いてやろう。牧場の再建は難しいとしても、怒りを表明することで、少しは社会の目を開かせることになるかもしれないと。

復讐《ふくしゅう》ではない。正義だとあなたはいった。幼女に手をかけるつもりはないし、連れ去った後、私は帰国すればよい。法律で縛られることもないと。あなたの話は魅力的だった。報酬を手に、帰りたかった故郷へ戻ることができると思った。だから私は、あなたの正義に手を貸すことにした。

ただ、あなたと私には大きな違いがある。あなたはお金持ちの国の日本人だ。そして私は、どこにいっても差別される外国人だ。私とあなたの正義には、大きな違いがある。お金の違いだ。

あなたは薄々それを理解していたはずだ。だから私が計画に協力すると踏んでいたのだ。一千万円という報酬を提示したのもそこからだろう。

私は貧しい。私の両親はもっとだ。私にも両親にも、日本人のような豊かな老後は待ち受けていない。私にとって一千万円は大金だ。しかし牧場の再建は難しい。となれば、なにをやって暮らしていくのか。故郷に帰っても、私と両親には仕事がないのだ。

得た報酬である一千万円は、いずれ費《つい》えるだろう。となれば三人の人間が食べていくための金が欲しい。できるだけ。そしてお金持ちの国、日本にはそれがある。だから私はあなたから学ぶことにした。

あなたの命を絶ってしまったことは、申し訳ないと思う。しかし、日本でもブラジルでも職がない私には、それしか手段がなかった。ここからは、私の正義があなたの正義に取って代わる。金は手に入れた。雨も上がった。もうすぐ朝がくる。計画は無事に進んでいる。

私はあなたから学んだ。犯罪には周到な計画と準備、慎重さが必要だと。それはすべて、あなたの教え通りに整えてある。

海の向こうで両親が待っている。私はすべてを終えて帰るのだ。

それが私の正義だ。

七

鳩ノ巣手前の吊り橋でルイス・サンタナを取り逃がした捜査員らは、その夜から徹底捜査を開始した。鑑識は雨の中、現場の調べを夜を徹しておこなった。

時間との闘《たたか》いだった。犯人は身代金を手に入れている。当然だが、次に目指すのは逃走だ。その際、めぐみちゃんをどうするかが問題だった。

捜査陣は濡《ぬ》れ鼠《ねずみ》で周辺の監視カメラ映像を回収、一方で、Nシステムの記録の照合などを進めた。いずれも徹夜の作業だった。

やがて雨が上がり、朝が訪れた。誰もが疲労困憊《こんぱい》していたが、休む余裕はなかった。サンタナとめぐみちゃんの居場所を突き止めるまで動き続けるしかないのだ。

捜査五日目となる七月二十五日、土曜日、午前八時。K署の講堂で捜査会議が始まった。中上管理官が口火を切った。

「まず昨日の経緯を報告する。ルイス・サンタナは奥多摩町の古里、鳩ノ巣間に架けられた吊り橋を利用し、身代金の受け渡しを決行した」

中上の言葉を亜坂はパイプ椅子に腰かけて聞いていた。

「その後、対岸に渡り、山岳道を利用して逃走した模様だ。鑑識の報告では簡易なゴムボートが下流で発見されている。犯人が乗り捨てたらしい。対岸にはいくつかの下足痕が発見されたが、雨のために、はっきりしない。山中では下足痕は発見できていない」

亜坂は現場の様子を思い出した。橋は小さなもので、対岸の山道に続いていた。しかもかなりの雨だったのだ。下足痕が流されてしまった可能性は高い。それに山道が笹《ささ》や砂利で覆われていたなら、発見は容易ではないだろう。

しかし会議には、岸本や他の鑑識員の姿が見えない。現在も作業を続行中なのだ。昨夜から一睡もしていないに違いない。亜坂は寡黙な岸本の様子を思い返した。体調を崩さなければいいが。

「橋から続く林道だが、それを利用すれば御岳山《みたけさん》を越えて五日市《いつかいち》方面へ到達する。現在、所轄署その他の協力を得て、山狩りを実施中だ」

期待できるだろうか。亜坂の考えは否定的だった。田村和美譲りの周到な計画だ。サンタナは車両が使えない橋と左岸、それを調べ、川を利用した。きっと逃走路も綿密に考えたに違いない。

すでに八時間近くが経過している。夜を徹しての山越えを決行すれば、早朝には五日市に到着できる。金を手にしたサンタナがあのまま山に潜伏したとは思えない。それに昨夜は雨。相手の匂いは流されている。犬による捜査は期待できないだろう。

「残念ながら現場周辺の監視カメラ、Nシステムのいずれにも、今までルイス・サンタナが使用していた車両の記録はなかった」

よくない報告が中上管理官から続いた。今まで使っていたF社のセダンは始末したか、田村和美の日記にあったように、別のナンバープレートに替えたのか。あるいは一般の交通機関で移動したのかもしれない。

「身代金授受について説明しておく。被害者家族に聴取したところ、要求は被害者の祖父である佐々木啓治宛で新邦化学本社に郵便で届いていた。田村和美の殺害が判明した日だ」

土橋の推理は正しかった。やはり身代金の要求は、我々が報告に向かう前に被害者家族に届いていたのだ。田村和美は日記に、佐々木一家について関係を把握しておくことと記していた。サンタナは祖父啓治が家族内で発言権が強いことをしっていた。つまり、啓治がイエスといわなければ計画が進まないとルイス・サンタナは理解したのだ。

「書状で犯人は百万円単位に小分けした五千万円相当の無記名小切手を要求し、応ずるなら受付に花を飾ること。さらに翌日の最終列車で受け渡し現場に向かうこと。目的地の駅で囮《おとり》となるリュックを別の人物に運ばせること。橋でライトの合図があったら小切手を川に投げることを指示していた」

垣内が手を挙げた。

「身代金を授受した後、ルイス・サンタナはどう対応すると告げたのですか」

もっとも重要な点だった。田村和美のマンションから連れ去られて以降、めぐみちゃんの安否は確認できていないのだ。

「小切手を確認したら、被害者めぐみちゃんの監禁場所を伝えると書いていた。しかし、現時点で連絡はない」

中上管理官の報告は絶望的だった。再び垣内が質問した。

「すでに八時間近く経過しています。連絡がないということは、監禁場所を教えるつもりがないのでは」

「そう考えていいだろう。ルイス・サンタナは田村和美を殺した。事件はもはや、告発を目的としたものではない」

めぐみちゃんがさらわれて五日経《た》っている。確かに田村和美が殺害される前までは、めぐみちゃんは無事だっただろう。しかしそれから三日近くが過ぎているのだ。殺人を犯し、金を手にして逃亡した犯人。誘拐事件としては最悪の状態に陥ったことになる。

「現在、機動捜査隊を中心に調べが進められているが、めぼしい発見報告は届いていない。犯人の顔写真や指紋等は全国の警察、空港、港湾に手配した。従って、我々が重点的に捜査するのは、犯人が乗っていた群馬ナンバーのF社のセダンの所在だ」

確かに捜査本部の我々にはそれしか手がかりはない。サンタナは田村和美のマンションからめぐみちゃんを連れ出したときには、問題のF社のセダンを使っている。しかしそれ以降の足取りはNシステムには記録されていない。つまり、その時点でナンバープレートがすり替えられたのだろう。

だが、ナンバープレートを粉飾したことは、めぐみちゃんを監禁場所に連れて行く際、車を使った可能性を示しているとも考えられる。奴《やつ》のセダンが見つかれば、続く捜査の足がかりとなる。亜坂は講堂に視線を巡らせた。離れて座る垣内がこちらを見つめていた。

「それでは捜査の振り分けをおこなう」

中上管理官は刑事らに指示を出している。亜坂は青梅の病院にいる土橋のことを考えた。昨夜のうちに病院を訪れた土橋の姉から携帯電話に早朝、伝言が残されていた。土橋は未《いま》だにICUから出ていないという内容だった。

意識不明で深刻な状態なのだろう。橋の上で倒れていた様子からも容態は推測できた。二度目の脳梗塞《のうこうそく》なのだ。仮に意識が戻ったとしても、重篤な後遺症が残ることも考えられる。

倒れた猟犬。優秀で、独自の捜査によって犯人逮捕の一歩手前までこぎつけた刑事。それが今はいないのだ。もはや、どう思う？　と問いかけられることも、ニゴリと呼ばれることもない。

この捜査中、土橋からいろいろなことを教わった。刑事のイロハともいえる助言だ。捜査メモの取り方。現場の歩き方。作用と反作用の考え方。どれもが亜坂にとって身になった。土橋は捜査の相棒というよりも、師のような存在だった。

まだまだ新米の自身がこれから重点捜査にかかるというのに、土橋のサポートはもはやない。署内で白い目で見られている自分と組もうという相手がいるだろうか。いたとしても邪魔者扱いとなるのは目に見えている。

「以上が捜査の振り分けだ」

中上管理官の指示が終わった。刑事らが一斉に席を立った。亜坂は周りを見回した。捜査員はめいめい動き始めている。自分一人が取り残された恰好《かっこう》だった。中上管理官らトップ陣もひな壇から立ち上がっている。

聞き落としたのだろうか。亜坂は確認のため、ひな壇に向かった。上司である大友課長、香坂署長とともにいる中上管理官が視線を送ってきた。

「K署の亜坂です。私は誰と捜査をすればいいのですか」

中上が香坂署長に目をやった。署長が口を開いた。

「亜坂巡査、君は遊軍捜査だ」

署長はそれだけ告げた。有無をいわさない目だった。亜坂は頭を下げると、その場を去った。遊軍捜査とは単独行動、要するに好きにしろという意味だ。捜査本部を出ると亜坂は車に向かった。駐車場まで歩き、立ち止まる。溜息《ためいき》が漏れた。

——これでは捜査から外されたようなものだ。とうとう見限られたか。

署長はお前に目をかけていると述べた土橋の言葉は嘘《うそ》ではないだろう。しかし、サンタナを追わなかったその失敗で、期待薄だと判断されたのだ。使えない奴だと。

頭の中に黒い粒子が広がり、鈍い羽音で伝えてくる。

《辞めてしまえ》

熱い思考が頭を巡った。思わず脳裏で叫んだ。

——うるさい。お前は誰だ。半分俺かもしれないが、残りの半分は何者なんだ。

悔しさが胸に湧いていた。刑事になるのに三年かかった。刑事課に配属されたときの喜びはひとしおだった。しかしこの三年間、次のステップである巡査部長の試験に落ち続けている。その間、いつの間にか負け犬根性が刷り込まれてしまった。

しょせん自分はこの程度の男だ、刑事には向いていない、と自分で自分を突き放していた。今、感じている悔しさは、土橋に指摘されたように、自身の反骨精神の乏しさからきているのだ。

亜坂は土橋の指摘から、悔しさの真意を理解した。俺もそうだったと告げた土橋の言葉は、へこたれるなと伝えていたのだ。

亜坂は脳裏に叫んだ。

——確かに俺の反骨精神は歪《ゆが》んでしまっている。その歪みがお前となって現れているんだ。つまりお前は、俺の弱さそのものなんだ。だから俺が不安に陥ったときに現れて、俺を現実から逃避させようとしているんだ。俺が警察官であるために、かまってやれない理沙の悲しみ。家庭を安全な基地にできない孤独。俺が感じている理沙への心配そのものがお前なんだ。おそらく伯母《おば》や、心配性の神戸の母親も原因だろう。お前の正体はそんなところだ。お前は俺にとってなんの価値もない。消えちまえ。

《またな》

亜坂の叫びに黒い粒子は捨てぜりふのような意図を残すと、霧散していった。最後の一言は、まるで簡単に無視することなどできないと伝えてきたようだった。まだまだこちらにつきまとうと。

亜坂は頭を振った。怒りと悔しさが鎮まり、冷静な思考が戻ってくる。顔を上げた。なにをすべきか。

——続けるんだ。捜査を。

捜査が壁に突き当たったとき、土橋がいっていた言葉が聞こえた。

『なにか手がかりがあるはずだ。とっかかりを探せ——』

亜坂は車の前にたたずみながら考えた。サンタナは田村和美を殺害し、誘拐を身代金目的に切り替えた。そして今、身代金を手にし、山越えで逃走中だ。ニュートンの法則からすると作用は身代金の奪取だ。すると反作用はなにか。さらなる逃走に違いない。書状には金を確認したらめぐみちゃんの監禁先を教えるとあった。しかし現時点で連絡はない。つまり相手は逃げるのに必死なのだ。

奴は母国でやり直しを考えていた。しかしブラジルに逃げるためには日本から脱出しなければならない。方法は二つ。空か海だ。サンタナは今、どちらかを利用できる場所へ向かっているはずだ。

亜坂は車の中に入った。自身のメモをポケットから取り出す。急いで改めていった。逃亡中の犯罪者が目を付けられた場合、空港にも港湾にも手配が回ることぐらいは推測できるだろう。となればなにか手だてを考えるはずだ。メモの一文が目に留まった。

『ルイス・サンタナとは誰だ?』

土橋の質問から記した内容だ。奴はどんな男だったのか。

『ついてない男』

友人の日系ブラジル人の言葉が亜坂の脳裏によみがえった。

『続きは?』

脳裏で土橋が尋ねてくる。

『寂しい男』

サンタナは日本の生活になじめず、人見知りで友人も少なかった。十年ほど前に日本にきて、工場の出荷係をしていた。

亜坂は車のエンジンをかけた。

——そうなんだ。ここは東京だ。

脳裏に答が湧いていた。ずっと群馬に暮らしていた工員が、東京で二度目の誘拐事件を起こした。それが手がかりだ。

『現場は池だ』

土橋の口癖が脳裏をよぎっていた。亜坂は車を五日市街道に向け、立川を目指した。群馬で細々と暮らしてきたサンタナが、東京の地理に詳しいはずがない。土地勘のない奴が、二度目の誘拐を東京で企てるのはおかしくないか。

田村和美のマンションに着き、車を路上に停《と》めると、亜坂は入口に向かった。

「警察の者です。再調査にきました」

インターホンで管理人を呼びだすと、エレベーターで八〇三号室に向かった。鍵を開けてもらい、田村和美の部屋をつぶさに見て回った。特に書斎を念入りに調べた。しかし亜坂が目指すものは、どこにも見当たらなかった。それが推理を裏付けていた。亜坂は捜査の結果に納得すると管理人に礼を述べ、マンションを後にした。

田村和美は犯行を記録した日記をつけていた。それはサンタナに説明するための計画書でもあったはずだ。日記には犯行車両を盗難する場所、監視カメラの位置、車両の乗り捨て場所まで記されていた。地図のコピーまで添付したのは、土地勘のないサンタナのためだ。

しかし田村和美の部屋に地図帳はなかった。足がつくのを恐れて捨てたのだろうか。考えづらい。地図を捨てたのなら、犯行計画が記載されている日記も処分しているはずだ。他人から借りたか、図書館を利用したのか。可能性は低い。露呈する危険性がある。

ではは田村和美の部屋にあるはずの地図帳はどこにいったのか。あるはずの地図帳が消えたのなら、誰かが持ち出したからとしか考えられない。その誰かとは何者か。

――サンタナだ。

土地勘のないサンタナは、めぐみちゃんの監禁場所を探すために地図帳を利用したのだろうか。亜坂はダッシュボードから地図帳を取り出した。地図にはビルや通りが細かく記載されている。しかし監禁場所の判断に使えるとは思えなかった。ではサンタナはなんのために地図を持ち出したのか。

亜坂は煩悶《はんもん》した。ふと土橋の助言が思い返された。

『動機と理由は違う』

この場合、動機は東京に詳しくないということになる。しかし理由は？　監禁先の特定以外の地図の利用方法。それはなにか。

停めた車の横をトラックが走り抜けていった。不意に脳裏に電気が走った。亜坂は再びメモを改めた。携帯電話をポケットから取り出すと綴《つづ》ってあった番号に電話をする。相手はすぐに電話に出た。

「警視庁の亜坂といいます。捜査に関しておうかがいしたいことがあります」

「といいますと？」

「そちらは陸送を業務にしていますね。その取引先に群馬県O町の工業部品工場があるはずですが」

「では担当部署に代わります。詳しい内容はそちらでお訊《き》きください」

しばらく待つと先方の応答があった。

「代わりました。配車部です。ご質問の内容ですが、お尋ねの工場については月曜から金曜まで、定期便が仕上がった部品を運んでますね」

「部品はどこに運ばれますか」

相手は再び調べているようだ。しばらく間があった。

「羽田《はねだ》の倉庫街ですね。お台場《だいば》の海浜公園の先にある、大井埠頭《おおいふとう》がそうです。定期便ですから、おそらく一旦、そこで保管し、移送の際に必要な振り分けをするんでしょう」

亜坂は所在地を尋ね、礼をいうと電話を切った。亜坂がかけたのは、サンタナが勤めていた工場の製品を運ぶ運送会社だった。聞き込みの際にトラックの車体に大書されていた社名をネットで検索し、電話番号をメモしておいた。亜坂は再び携帯電話を手にすると捜査本部に連絡した。正午に近い時間になっていた。

「K署の亜坂です。ルイス・サンタナがめぐみちゃんを監禁している場所について、有力な候補がみつかりました」

「ちょっと待ってくれ」

しばらくして誰かが電話を代わった。

「どこだ」

香坂署長だった。

「羽田の大井埠頭にある倉庫街です。奴が勤めていた工場の製品がそこへ運ばれます。サンタナは工場の出荷係でした」

「なぜそこだと思う」

「奴は田村和美の部屋から地図帳を持ち出しています。しかし地図では監禁先を判断するのは不可能です。持ち出した理由は別にあると考えました。奴はずっと群馬で暮らしていました。東京に詳しくありません」

「製品が運ばれる羽田は別だというんだな」

「はい。出荷係なら、そこがどんな場所か、どんな状況か、誰かに尋ねたとしても不思議ではありません。サンタナにとって東京で地の利があるのは、むしろそこだけだったんではないでしょうか」

「つまり東京には詳しくないサンタナには、立川から羽田までの経路を調べるために地図帳が必要だったといいたいんだな」

「ええ。奴はすでに監禁場所を決めていた。それが動機です。しかし経路が分からなかった。それが地図帳を持ち去った理由です」

署長はしばらく黙った。そして告げた。

「なるほど。動機と理由は違うからな」

土橋と同じ言葉だった。

「私もこれから羽田へ向かいます。警察犬を要請したいのですが」

「分かった。遊軍だと動きやすかったようだな」

署長はそれだけ答えると電話を切った。意外な言葉だった。署長の意図は、こちらを捜査から外したわけではなかったか。遊軍にされたのは、自由に動けるようにとのことからなのか。判断はつかなかった。

亜坂はエンジンをかけ、自身も羽田に向かおうとした。すると切った電話が再び鳴った。ディスプレイに表示された番号は昌子のものだった。受話ボタンを押すと低い昌子の声が耳に届いた。

「もしもし―」

いつもと調子が違った。その声に亜坂は漠然とした不安を覚えた。

「あのな、理沙の姿が見当たらん」

「いつや？」

「ついさっきなんや」

「保育園からか？」

「今日は土曜日や。保育園はお休み。買い物に行くんで理沙に一緒にくるかって訊いたら、本を読んでいるからええって答えた」

昌子は努めて丁寧に説明している。冷静さを保とうとしているのが分かった。

「おとなしくしているようにいっておいたんや。そやのに帰ってくるとおらん。誠、あんた、理沙が出かけそうな場所の心当たりがあるか？」

亜坂は息を吐いた。どうすればいい。今すぐ戻って伯母と行方を捜すべきか。警察官としてではなく、父親として行動すべきか。

「落ち着くんやで。私がなんとかする。あんたは理沙がいきそうな場所の候補を考えられるか」

「分かっとうわ。ちょっと待て。今、考える」

「私は家を出るとき、念のために鍵を掛けておいた。そやから理沙が自分から外へ出ない限り、いなくなることはないわ。それとな、少しやけどお金がなくなってる」

亜坂は自身を落ち着かせた。伯母は誰かが家に侵入した形跡はないといっている。少なくとも事件性は低いのだ。

「一人で家に帰ったというのが一番の候補や。家以外なら保育園の友達の家に遊びにいったんかもしれん。友達の家の住所と電話番号は、俺の机の中にある」

そう告げて亜坂は、理沙からよく聞く友達の名前をいくつかあげた。

「分かった。まずあんたのマンションを探し、いなければ友達の家に連絡してみるわ。ほんで？」

昌子はさらに可能性を尋ねた。まるで土橋と同じだった。百匹の猫の続きを問うような口調だった。亜坂は頭を絞った。さらに可能性があるのは別れた妻、美由紀のところだが、今はウクライナにいる。来月まで会えないと理沙も分かっているはずだ。

「伯母さんが買い物に出る前、理沙は童話を読んでたんやな。それはどのページや？」

ふと思いついたことを昌子に尋ねた。今回の事件の経緯がヒントになっていた。

「ページ？　はっきり覚えてへんけど、かなり後ろの方やったと思うわ。買い物に行く前、もうすぐ読み終わるっていうてたから」

「童話はあるんか？」

昌子はしばらく無言だった。探しているらしい。

「ないわ。理沙が持っていったみたいやな」

「竜のせいかもしれへん」

「竜？」

「理沙の読んでいた童話に出てくるんや。人はおもしろい本を読むと誰かに教えたくなる。理沙はかまってもらいたい相手に童話を見せようとしているのかもしれん」

昌子は意味を理解したようだ。

「分かった。連絡してみる」

亜坂は電話を切り、車をスタートさせた。最初の捜査会議で本庁の刑事が告げた言葉が脳裏をよぎった。

愉快犯や少女愛好者による犯行の可能性がある――。

被害者宅でテレビクルーが口にした言葉も思い出した。

臓器売買の目的で幼児を連れ去る――。

しかし亜坂は確信していた。理沙は必ず無事だ。自分の娘を信じなくてどうする。

――もうすぐだ。この仕事が終われば、家に連れて帰ってやるからな。

羽田に近づいた。芝浦《しばうら》からレインボーブリッジを渡る。海だ。橋が続く先に教えられた埠頭がうかがえる。亜坂は埠頭に入ると、陸送会社から聞いた方角に車を乗り入れた。

土曜日の昼、広い倉庫街はがらんとしていた。

現場にはすでに所轄の人間が到着していた。何頭もの警察犬がコンクリートで固められた地面を嗅いで回っている。亜坂は車を降りると、警官の一人に近づいていった。

「捜査を要請したK署の亜坂です。どんな様子ですか?」

「まだ分かりません」

返答に口元がゆるんだ。まるで数日前の自分を見ているようだった。思わず質問が口を突いて出た。

「あなたはどう思いますか」

「そうですね。捜索は今、始めたばかりですから、被害者の匂いを嗅がせて様子をみてからでないと」

警官は犬を連れている捜査官を指さした。鑑識の管理下にあるハンドラーたちだ。彼らが手にしているのは、小さな靴や靴下など。捜査本部から至急に届けられためぐみちゃんの私物だろう。

「とにかく待つしかないと思います」

「そうですね。でも作用と反作用はいずれ暴かれます」

亜坂の言葉に警察官は怪訝《けげん》な顔をした。めぐみちゃんの匂いを嗅がされた警察犬が閑散とした倉庫街を立ち止まっては確かめ、少し戻り、また進むという動きを繰り返している。

やがて警察犬の動きとともに、捜査場所が徐々に拡散していった。亜坂の脳裏に迷いがよぎった。自分の考えたことは間違いだったのか、あるいは考えたくない最悪の事態が起こっていたのか。

数度、犬の吠《ほ》える声が聞こえ、途絶えた。少し離れた方角だった。捜査の進展を待っていた刑事らが駆け出した。亜坂は思わず唾を飲み込むと続いた。

少し先の倉庫の角を曲がる。のっぽの倉庫と倉庫の間に続く細い道を駆けた。走り着いたのは、先ほどいた辺りに比べて小振りの倉庫が並ぶ区画だった。すぐ先に捜査官と犬が待機している。

「ビスマルク、まだよ。待て」

待機していたのは女性のハンドラーだった。犬は地面に座り、ひとつの倉庫をじっと見つめている。古びたシャッターが下ろされていた。かなり老朽化した設備で、頻繁に使われてはいない感じだ。すると今の吠える声に反応したのか。倉庫の中からも犬の鳴き声が聞こえた。悲しげな調子だった。

鳴き続ける犬の声に意を決したのか、一人の刑事が銃を取り出し、捜査陣を見回した。所轄のリーダー格らしい。

「突入する」

刑事はシャッターに手を掛けた。周りの捜査陣も銃を握った。がらがらと金属の重い音が響いた。施錠はされていなかった。

「突入」

刑事の声に亜坂も中へ飛び込んだ。懐中電灯を手にしていた捜査員が倉庫内を照らした。それほど大きな倉庫ではない。四方に光が回る。再び犬が鳴いた。そちらに懐中電灯が向けられる。光の中に小さな人影が浮かんだ。

「めぐみちゃん」

亜坂は床に座るめぐみちゃんに駆け寄った。黒い子犬を両手でしっかり抱いている。怖かったはずだ。不安だったろう。かがみこむと視線を同じ高さにした。幼稚園での土橋と同様に。

「さあ、お家《うち》に帰ろう」

お家という言葉に安堵《あんど》したのか、めぐみちゃんの顔が歪んだ。そして小さくしゃくりあげ始めた。あふれる感情を押し殺したような反応だった。それだけで、この数日をいかに過ごしてきたか察することができた。見ず知らずの大人に連れ去られ、暗い倉庫に監禁されていたのだ。

「歩けるかい？」

めぐみちゃんは嗚咽《おえつ》を漏らしながら、ゆっくりとうなずいた。亜坂はブラッキーを預かり、めぐみちゃんの手をとって立たせた。小さな手のひらは温かく、汗ばんでいた。

——大丈夫だ。この子は強い。

亜坂は漠然とそう実感した。暗い倉庫を出ると土曜日の昼下がりの光に包まれた。

「被害者、無事に保護。ご家族に連絡を」

かたわらの警官が無線に告げている。

「めぐみちゃん、すぐにお父さんとお母さんがここにくるからね」

亜坂はそう告げた。そして倉庫の前に待機していた女性ハンドラーにうなずいた。相手が微笑《ほほえ》み返してくる。

「ビスマルク、よくやった」

女性ハンドラーが自身の犬を褒めた。亜坂も同感だった。この犬のおかげでめぐみちゃんをスムーズに救出できたのだ。人間の捜査員なら警視総監賞ものだろう。

めぐみちゃんの手を握りながら亜坂は倉庫の外にたたずんだ。胸には子犬を抱いている。明るい外に出たからだろう、めぐみちゃんは先ほどよりずっと落ち着いている。

亜坂は倉庫街を見返した。被害者は無事に保護できた。しかし事件はまだ終わってはいない。ルイス・サンタナの姿はどこにもなかった。すでに逃走していたのだ。この倉庫には、何の手がかりもないだろう。奴は田村和美から周到さを学んでいる。亜坂はしばらく思案した。

『子供を馬鹿にしては駄目だ』

不意に土橋の声が脳裏によみがえった。

「教えてくれるかな。めぐみちゃんをここに連れてきた人のことを」

亜坂はかがみ込むと、めぐみちゃんの視線に合わせた。

「その人がどこにいったか、分かるかな」

「わからない」

亜坂はめぐみちゃんを見つめた。土橋が幼稚園の聞き込みの際に教えてくれた言葉が脳裏に浮かんでいた。

『子供というのは使える言葉が少ない大人だと思え』

さらに思い当たる言葉が頭に浮かぶ。

『聞き込みとは、相手がしっていても、自分では気が付いていないことを引き出してやるものだ』

「ちょっとブラッキーを見ててくれるかな」

亜坂は胸に抱いていたブラッキーを一旦、めぐみちゃんに返すとメモを改めた。目に留まったのは一番最初に土橋に叱責された内容だった。亜坂は白紙のメモを一枚、束から外した。そして鉛筆をめぐみちゃんに渡す。

「この紙にめぐみちゃんをここに連れてきた人の絵を描いてくれるかい。その人がなにをしていたか思い出せるかな?」

亜坂の言葉にブラッキーを足下に置くと、めぐみちゃんはかがみこんだ。そして犬を一度撫《な》でた。亜坂も隣にしゃがむ。子犬はめぐみちゃんの足下でじっとしている。鉛筆を受け取っためぐみちゃんが紙片に絵を描き始めた。

亜坂はメモからめぐみちゃんは絵を描くのが得意だったことを思い出していた。幼稚園に通う子供だ。言葉は大人のように使えないだろう。しかしこの子には言葉とは別のコミュニケーション能力がある。

めぐみちゃんの絵が仕上がった。男が黒く塗られたものを前にして、かがみこんでいる姿だった。その顔は写真で見たルイス・サンタナを彷彿《ほうふつ》させる部分があった。

「この人は外国の人だね」

めぐみちゃんがうなずいた。

「この絵はいつのときになるのかな」

めぐみちゃんはしばらく考えた。

「おばあちゃんだっていってた人のお家から、ここにきてすぐ」

「それからこの人は?」

「いなくなっちゃった」

時間経過が分かった。これはめぐみちゃんが最後に見たサンタナの姿だ。サンタナは田村和美を殺害後、部屋からめぐみちゃんを連れ出した。そしてここに監禁してから身代金を受け取り、そのまま逃走したのだ。

亜坂は絵を見つめた。かがみこんでいるサンタナは手になにかを握っているように見えた。

「この男の人の前にあるのはなに？」

「鞄《かばん》。黒くて長いの」

「これはなにをしているところ？」

「おじちゃんは鞄の中身を見てた」

するとと手に持っている物を取り出したところだろうか。わざわざなにを確かめたのか。

「男の人がなにか手に持ってるね。これはなんなのかな？」

亜坂の質問にめぐみちゃんは一旦、足下にうずくまるブラッキーに視線をやった。

「それはね。ブラッキーにあげるごはんみたいなの」

「すると、わんちゃんが食べるごはん？」

「違うよ」

亜坂は絵を見つめた。サンタナが手にしている物は、片手で握れる程度のサイズだ。

「めぐみちゃんは、いつもこれをどこで見るのかな？」

「お店」

亜坂の脳裏に答が浮かんだ。

「これは缶詰なんだね？」

めぐみちゃんがうなずいた。幼稚園に通う少女だ。咄嗟《とっさ》に缶詰という単語を思いつかず、説明できる精一杯の言葉で伝えてくれたのだ。亜坂はめぐみちゃんの答に、絵にある鞄を見つめた。

「この鞄は空っぽ？　いっぱい？　重そうだった？　音がした？」

「うん。音がしてた」

亜坂は理解した。缶詰はひとつではなかったのだ。サンタナは食料を再確認していたのだ。田村和美殺害の凶器が見当たらなかったはずだ。奴は缶詰の詰まった重たい鞄で相手を殴打したのだ。

しかし亜坂には違和感があった。この絵が正しければ、奴は食料を確保していたように思える。だが海か空か、いずれを利用した場合でも、旅の途中に食事は出るはずだ。どうしてサンタナは缶詰が必要だったのか。この場合の作用と反作用はなにか。作用は高飛び。反作用は缶詰――。

亜坂は答を思いついた。奴が計画している旅には食事が出ないのだ。なぜか？　目的地が近いからか。違う。鞄は缶詰で一杯だ。つまり旅は長い。サンタナは高飛びの道中、缶詰で飢えをしのぐつもりなのだ。そんな状況となる高飛びの方法とはなんだろうか。

亜坂は携帯を取り出した。群馬でサンタナの友達だった日系ブラジル人工員の番号を押した。数回の呼び出し音で相手が出た。亜坂は核心となる内容を尋ねた。

「数日前、そちらに伺った警視庁の者です。続行中のルイス・サンタナの捜査に関して、おうかがいしたいことがあります」

「ルイスになにかあったのか?」

「いえ。あなたがルイス・サンタナにゆずった車のことです。確かトランクが壊れていたとおっしゃいましたね。それについて詳しくしりたいのですが」

「ああ、あの車のトランクは鍵が馬鹿になって、一度、閉めると開かなくなってた」

「すると彼はトランクが使えない車に乗っていたのですか」

「使えたと思うよ」

「でもトランクは開かないんでしょう?」

「もっと壊すんだ。工具を使って鍵が本当に駄目になるほどな。そうやってトランクが開くようにしてやった。荷物を盗まれるぞと忠告したんだが、ルイスは別にかまわないといってた」

　亜坂は理解した。肝心の質問があった。

「あなたの勤めている工場は、下取りされた中古車を整備して出荷するんでしたね」

「そうだ。ディーラーで下取りされたものを修理して送り出す」

「サンタナはそのことをしっていましたか」

「当然だ。俺たちは似たような仕事だったからな」

「整備された中古車はどこへ運ばれるのですか」

「海外だ。どの国かはしらないが」

「その前は？」

「前？　どういう意味だ」

「工場を出た後、車はどこから、なにで海外に運ばれるのですか？」

「そりゃ、港だよ。大きな貨物船に積み込まれて日本から出ていく。着いた先で取引先が売りさばく」

「その港は？」

「車の出荷先のことか？　横浜だよ。大黒《だいこく》埠頭」

「扱っている会社はわかりますか？」

男は質問に答えた。亜坂は礼をいうと電話を切った。続いて捜査本部に連絡した。

「ルイス・サンタナの逃走先が浮かびました。横浜の大黒埠頭です」


手短に経緯を説明した。連絡を終え、かたわらにいる所轄の警察官に声をかけた。

「もうすぐ、めぐみちゃんの両親がここに到着します。それまでこの子の面倒をお願いできますか」

警官がうなずいた。

「もう大丈夫だよ。おじさんはお仕事にいくけど、このお巡りさんとご両親がくるのを待ちなさい」

そう告げて亜坂はめぐみちゃんの足下にうずくまるブラッキーを一度撫でた。続いて足早に自身の車に向かった。ハンドルを握り、エンジンをかける。

大井埠頭から南下するルートを目指した。橋を渡り、品川《しながわ》埠頭に出た。羽田空港を抜けて、東京湾に沿って湾岸線を疾走した。

サンタナはしっていたのだ。整備を終えた車がどこへ運ばれるかを。奴の使っていた黒のセダンの足取りが、なかなかつかめなかった理由も理解できた。田村和美から学んだ周到な計画だ。

サンタナは奥多摩の林道のときのように犯行車両を始末する方法を思いついた。だから田村和美を殺害しても大丈夫だと確証を得た。

めぐみちゃんを連れ出す前にナンバープレートを付け替え、監禁した後、F社の中古車を専門に扱う会社に車を売り飛ばしたのかもしれない。あるいはただ単に船積みを待っている車に紛れ込ませたとも考えられる。

船会社も陸送されてきた中古車の数が一、二台あわなくても気にはかけないだろう。まだ売りさばける車をわざわざ寄付するような人間はいないからだ。書類のミス程度に考えるか、一台、得をしたと思うだけだ。

次いでサンタナは船が港を出るまでの時間を利用して、身代金の授受に向かう。貨物船が出港してしまえば計画はおじゃんだ。だから奴は急いでいたのだ。めぐみちゃんの監禁先を連絡する余裕など、ないわけだ。

海底トンネルをくぐり、川崎の浮島《うきしま》に出た。再びトンネル。その先は川崎港のコンテナ・ターミナルだ。貨物船はすでに出港してしまっただろうか。ルイス・サンタナの検挙に間に合うだろうか。

船がどの国に向かうかは判明できていないが、相手がブラジルに逃げおおせたら捕まえる手段はないのだ。亜坂は焦った。川崎のコンテナ・ターミナルを疾走する。この先は鶴見《つるみ》、そして目的の大黒埠頭に至る。

携帯電話が鳴った。ディスプレイに表示されていたのは昌子の番号だった。亜坂は片手でハンドルを握りながら電話に応対した。

「僕や。理沙は見つかったか?」

「家には帰ってへんわ。理沙の友達の家にも連絡した。でも、どこにもおらん。さっき尋ねた以外に理沙が出かけそうな先はあらへんのか?」

「竜が一番や。きっとそうなんや」

亜坂は自身に言い聞かせるように答えた。しばらく黙っていた昌子が返した。

「ほな、もう少し待ってみる。あんたも心配やろうけどな」

昌子の声が少し柔らかくなった。

「シングルファーザーを選んだんはあんたや。しゃんと構えてるんやで」

伯母の電話は切られた。車は東京湾に沿って鶴見を過ぎた。次の橋を渡れば横浜大黒埠頭だ。亜坂はハンドルを握りながら昌子のいっていた言葉を思い返した。

『理沙はあんたが考えているよりも頑固なんやで。小さくても女なんや』

きっと、そうだ。理沙は頑固な性格からいなくなっただけだ。竜のことを相手に伝えようとしているだけなのだ。亜坂の脳裏に老人ホームでの出来事がよみがえった。

あのとき土橋が見せた、姉の良子の言葉を聞き流す表情が理沙にそっくりだった。そこから亜坂は土橋と理沙が似ているかもしれないと感じた。

土橋も頑固な刑事だ。へこたれることをしらないほど。あの捜査の鬼は無事だろうか。事件が解決したら、理沙を連れて見舞いにいこう。二人はどんな会話をするだろう。どんな微笑みを交わすだろう。

車は鶴見つばさ橋を渡り、大黒埠頭に入った。車窓の右手には向こう岸の埠頭にある石油の備蓄タンク、火力発電所、雑多な産業施設が見えた。亜坂は車を先に進めた。大黒埠頭の倉庫街だった。車の左手にコンテナ・ヤードがうかがえる。

亜坂は車をそちらへ向けた。F社の中古車が船積みされる場所だ。土曜日の昼下がり、突堤に大きな貨物船が見えている。亜坂は広大なスペースに車を停めた。捜査本部に入れた連絡から所轄の車が待機していた。

すでに車の姿は数台程度しか見当たらなかった。船積みは、ほぼ完了している様子だ。

しかし少し前まで、おびただしい数の車がここに列をなしていただろう。その中に一台の中古車を紛れ込ませても、すぐには発見できないはずだ。サンタナの狙い通りの条件に思えた。

コンテナ・ヤードに残っていた中古車は、突堤に向けて口を開けている貨物船に積み込まれていく。亜坂は車を降りた。所轄の警官に声をかける。

「K署の亜坂です。逃亡中のルイス・サンタナが船積みされた中古車に潜んでいる可能性があります」

「連絡は了解しています。しかし積まれた中古車の数が半端ではないのです。もうすぐ出港です。従って船内での検挙を指示されました」

亜坂は安堵した。なんとか間に合ったのだ。

「海上保安庁の船が後続します。犯人確保の際はそちらに身柄を引き渡します」

誘拐犯の身柄を拘束した場合、取り調べは通常、本庁の捜査一課特殊班が担当する。所轄であるK署の亜坂の任務になることはない。

「指令では日本の領海内にある間に犯人を捕縛する必要があるそうです。犯人に気取られないように、できるだけ静かに捜査をおこなえとのことです」

警官の言葉に亜坂はうなずいた。香坂署長の指示だろう。相手は殺人犯であり、誘拐犯でもある。そして周到な計画を練った。捕縛を恐れて凶器を準備している可能性も大いにある。

　検挙するには、相手が油断したところを狙うのが効果的だ。なにより日本の警察の捜査権が及ぶのは日本の領土内に限られるのだ。領海外での逮捕権はない。亜坂は銃を携帯してこなかったことを悔やんだ。しかしもう出港時間だ。

「船会社にはすでに捜査の了承を得ています。こちらへ」

　警官は亜坂に懐中電灯を手渡すと誘導を始めた。亜坂は巨大な貨物船の中に入った。まるで鯨《くじら》の腹にのまれたピノキオだ。導かれるままに数層となる船底を降りていく。足音をできる限り殺した。船底は中古車でひしめいていた。

　何百台あるのか、車は黄色いロープで固定され、波の揺れにも対応できるようになっている。目的の車が黒のセダンと分かっていても、この数では調べを進めている内に出港時間になるだろう。

　それに捜査令状を用意している時間はなかった。いつだったか、船舶の運営は金がかかると聞いたことがある。会社側も協力はするが、出港を見合わすわけにはいかなかったのだろう。しばらくして響いていた音が静まった。最後の中古車が積まれたようだ。

　金属の重たい音がうなると背後からの光が途絶えた。貨物船の口が閉まったらしい。船底は闇に包まれた。亜坂は腰をかがめた。ルイス・サンタナは身代金受け渡しの前に車を処分している。案内した警官は船積みの順番を考慮して、この場所からの捜査が、もっとも可能性が高いと踏んだのだ。

出港を待つしかない。先ほどの説明では他の捜査陣も同様に待機しているはずだ。ここからは相手との根比べだ。こちらの考えが正しければ、ルイス・サンタナは壊れたトランクから出てくる。いつまでも狭い空間でじっとしていられないだろうし、もっと安全な場所を求めて、船員の目に留まらないスペースを探し始めるに違いない。

亜坂は闇の中で耳を澄ました。汽笛が鳴った。重たいチェーンの引かれる連続音がしばらく続いた。錨《いかり》が引き揚げられている。船底に振動が始まった。低いエンジン音が伝わり、雑多な機械が稼働している様子が理解できた。

巨大な貨物船の船底は出港に向けて音があふれかえっている。亜坂はできる限り耳を澄ました。

――この闇のどこかに奴はいる。今、あふれる音の中からサンタナが立てる物音を聞き分けられるだろうか。

再び汽笛が鳴った。振動が強くなる。船舶特有の揺れを伴って貨物船が進み始める。日本の領海を出るまでどのくらいの時間が残されているのだろう。数時間か。半日か。それまでにサンタナは動くだろうか。

そもそも相手は本当にこの貨物船に潜んでいるのか。この捜査はあくまで自身の推理に頼ったものだ。絶対である保証はない。土橋ならどうするだろうか。

刑事に必要なのは目と耳、鼻と口、手と足。土橋は香坂署長からそう教わったと語った。刑事は五感を使って、見たもの、聞いたもの、感じたものを無意識に頭に刻んでいると。自分はこれまでの捜査でなにを感じ、なにを頭に刻んだだろう。

船は徐々に速度を上げて進み始めている。船底では加速するスピードとともに音がさらにあふれかえっている。

そのとき、亜坂は聞いた。無機質な貨物船の稼働音とは異なる音が耳に届いた。とても小さな音だった。しかし有機的な感じがした。くぐもり、こっそりと小さく、隠し事をするような音だった。亜坂は目を閉じるとそれを脳裏で反芻《はんすう》した。

『天候』

メモの一文が脳裏で音とつながった。

朝の捜査会議を思い出した。岸本がいなかった。その様子に体調を崩さないかと考えた。奥多摩で身代金の授受があった夜は雨だった。しかもサンタナは川の中にいた。濡れないはずはない。

——今のはこっそりと鼻をすする音だ。

亜坂は立ち上がった。中古車を縫って音のした方角に歩んでいく。懐中電灯を点《つ》けた。F社の黒いセダンが光の中に浮かんだ。

考えてみれば今回の捜査は、犯人が立てた周到な計画に振りまわされた。しかし、相手がどうしても操作できなかった要素がある。それが天候だ。田村和美は風。それが花火の物証を運んだ。そしてルイス・サンタナは雨。

汚染行為の告発、環境問題への怒りから端を発した事件は、犯行者に環境ならではの手がかりを残してしまった。亜坂はF社の黒いセダンの後ろに立った。トランクに手を伸ばす。取っ手を摑《つか》むとそれを引き上げた。トランクはあっさり口を開いた。

そこへ亜坂は懐中電灯の光を注いだ。男がいた。四肢を畳んで亜坂を見上げている。目を見開き、怯《おび》えた顔が光の中に浮かんだ。眉間に皺《しわ》を寄せ、口をゆがめている。ルイス・サンタナだった。

「出ろ」

亜坂は一言だけ告げた。いつの間に周りに詰めたのか、十名近い捜査陣が車を取り囲んだ。

「犯人確保」

捜査陣の一人が無線に声を上げた。サンタナは自身を取り巻く人数に観念したようだ。静かにトランクから出てきた。亜坂は後を任せ、手近の警官に声をかけた。

「海上保安庁の船は一隻だけですか」

「いえ、もう一隻が後続しています」

「至急、向かいたいところがあるんです。そちらの船に案内してもらえるように話をつけてもらえますか」

　そのとき、亜坂の携帯電話が鳴った。

「おったわ。あんたのいうとおりやった。理沙は今、東京駅に向かってる。銀の鈴へ」

　昌子だった。

「こっちもちょうど捜査終了や。今すぐ、東京駅へ向かう」

「ほなら報道されていた女の子は無事で、犯人は捕まったんやな」

　昌子は嬉《うれ》しそうな口ぶりで続けた。

「あんたの話で神戸の方に連絡しておいたら、今、電話があった。理沙はおもしろい本を読んだからお話ししたい、神戸から出てきてくれって電話したんやて」

　神戸の母親が東京に来る際、理沙を連れて東京駅に何度も迎えに行った。そのことを理沙は覚えていて母親を呼び出そうとしたのだ。自宅や伯母の家、美由紀や神戸の実家などの電話番号はいつも理沙に持たせている。

　ただ、童話の話がしたいというのは別の計算もあったはずだ。お祖母《ばあ》ちゃんを神戸から駆けつけさせれば騒ぎになると踏んだのだ。なかなか帰ってこない父親をどうすれば家に連れ戻すことができるか。自分にかまうように仕向けることができるか。

　お祖母ちゃんを呼べばお父さんは帰ってくる。理沙は、幼いなりにそう計算したのだ。童話を破いたときと同じように。亜坂の胸に温かいものが流れた。

「私も東京駅にいくわ。できるだけ早《は》よ、くるんやで。香代子もこっちに向かってる」

亜坂は内容を聞き、電話を切った。四歳の子供が国立の伯母の家から東京駅まで一人で出かけたことには驚く。しかし感心もした。東京駅は中央線で一本、終点まで乗っていれば到着する。理沙はそれをしっかりと頭に刻んでいたのだ。

きっと東京駅までの道のりは理沙にとって楽しい時間の始まりを意味していたのだろう。自分にかまってくれる祖母との出会いが待っているからだ。だから喜びを分かち合おうとした。ばかりか、みんなの目を自分に向けさせたかったのだ。信じていたとおりだ。理沙は自分の娘として行動していた。

貨物船の操舵室《そうだしつ》に連絡が入ったらしく、船が海上で停泊した。捕縛されたルイス・サンタナが後続していた船舶に連行されていく。亜坂はもう一隻の船に乗り込んだ。

「港へ急いでください」

そう告げて亜坂は考えた。東京駅にいる理沙。病室にいる土橋。しかしこの二つは作用でも反作用でもない。まだ石は投げられてなどいない。

思いが胸に湧いた。きっと無事だ。あの人が死ぬはずはない。頑固なあの人が。

そのとき、メールの着信があった。良子からだった。

『弟の意識が戻りました。山を越えた様子です』

安堵が胸に広がった。同時に亜坂はあることを思い出していた。新邦化学の張り込みをしていた車中で脳裏に浮かんだ情景。自身が高校生だった頃の記憶だ。

暗くて静かな神戸港。タグボートの明かりはおぼろだ。そこから漏れてくる、こんこんと小さくまな板を打つ音。その回想が身を痺《しび》れさせた。

土橋は語っていた。綿菓子や夏祭りを楽しめるための正義を。それを記憶していて自身は神戸港を回顧したのだ。あのときの甘い痺れは、ささやかなものへのいとおしさだ。夕餉《ゆうげ》を準備する音が伝えてくれる喜びだ。

正義とはささやかなものへ向けられる。ありふれた日常を維持するために。小船で暮らす家族への愛に似て。亜坂は埠頭に向かう船で思いを巡らせた。ＩＣＵで横たわる土橋が脳裏に浮かぶ。

――土橋さん、あなたは少女の味方でした。そしてこれからも、さっきまで庭にいた少女を助けるために、早く現場に復帰してください。綿菓子のような幸福を守ってください。

東京駅の理沙はいつものように無口で、久しぶりの父親の顔を見ても手放しで喜ばないだろう。きっと頬をふくらませて怒る。だがお前に新しい友達を紹介してあげよう。その人は竜であり、猟犬だ。きっと楽しい時間を過ごせる。

亜坂は船の窓から外を見た。昨夜の雨の名残りだろうか。海に虹がかかっていた。亜坂は考えた。自分は刑事に向いていないのか。いや、少し違う。伯母の助言に反発心が湧いていた。

決断はまだできない。しかしもう少し考えてみてもいい。というのも気が付いたことがある。土橋の言葉は正しかった。自分にも猟犬の血が流れていたのだ。土橋は目がいといっていた。しかし先ほどは耳だった。獲物が立てる物音を聞き分ける耳。

新聞記事の締め切りを教えてくれたS新聞の前田とどんなバーターをすべきだろう。土橋の心遣いにそって。踊る猫の手がかりをくれた老人ホームの女性にも感謝の言葉を伝えなければ。なにより理沙と、思い切りスキンシップをはかってやろう。やるべきことは山積みだ。

だが、それ以上にやるべきことがある。アップルパイだ。理沙と土橋のために焼いてあげよう。きっと土橋は元気になってパイを頬張る。

大黒埠頭が見えた。亜坂は大きく息を吐いた。

虹はまだ消えていない。美しく空にかかっている。アップルパイのように甘く、酸っぱく。

解　説

大　森　望

主人公は、東京西部・K署（モデルは小金井《こがねい》警察署か）の刑事課に勤務する二十八歳の亜坂誠《あざかまこと》。新卒で警察官採用試験に合格、勤務三年目に選抜試験を突破して刑事になり、それから三年。捜査に打ち込みたいところだが、私生活では二年前に離婚し、まだ四歳のひとり娘・理沙《りさ》を男手ひとつで育てている。たまの休みには、愛娘《まなむすめ》のため、レシピ本を片手にアップルパイを焼く子煩悩な亜坂。だが、本好きの理沙は、このところ無口になり、気に入らないことがあると癇癪《かんしゃく》を起こしがちだ。娘のためには、勤務時間が不規則な刑事の仕事を辞めたほうがいいのでは……と悩む日々。

そんなとき、管内の国分寺《こくぶんじ》市で少女誘拐事件が発生する。被害者は、大手化学企業・新邦《しんぽう》化学社長の娘、佐々木《ささき》めぐみ、五歳。やがて、全国紙三紙の社会部宛てに、被害者のものらしき毛髪を同封した声明文が送付されてくる。犯人の要求は、「新邦化学の汚染行為を広く世に知らしめるために、今回の誘拐を本日付けの新聞夕刊紙面で報道すること」だった。いわく、「佐々木めぐみの誘拐は身代金目的ではない。新邦化学を告発するためのものである」

新邦化学は、ホルムアルデヒドを発生させる高濃度の工場廃液を利根川《とねがわ》水系に垂れ流したとして、現在、周辺の五都県から提訴されている最中だった。文書には、今後の連絡が本物であることを示すための合言葉として、「百匹の踊る猫は告げていた」という謎めいた言葉が添えられていた。

亜坂は、警視庁捜査一課のベテラン刑事、土橋《どばし》とコンビを組む。土橋は五十代の巡査部長。独特の捜査哲学を持つ土橋とともに靴底をすり減らして捜査をつづけるうち、亜坂はしだいに刑事として成長してゆく。


……というわけで、浅暮三文の新作、『百匹の踊る猫』は、なんとびっくり、ど真ん中のストレートな警察小説。しかも、公害問題の告発をからめた誘拐事件を題材とするバリバリの社会派。さらに、「刑事課・亜坂誠　事件ファイル001」と、あからさまにシリーズ化を意識した（書こうと思えば九九九冊書ける）サブタイトルまでついている。まさか浅暮三文がこんなミステリを書くとは……。

と、この驚きを共有してもらうには、若干の説明が必要かもしれない。いや、本書を楽しむために、著者がどういう作家なのか知る必要は全然なくて、警察小説の世界に登場したフレッシュな新人の第一作と思って読んでいただいてなんの問題もないのだが、気になる読者のために、まず著者の作家歴を簡単に紹介しておこう。

浅暮三文は、一九五九年、兵庫県西宮《にしのみや》市生まれ。関西大学経済学部（国際金融論専攻）卒業後、コピーライターのかたわら小説を書きはじめ、九六年、『ダブ（エ）ストン街道』で第8回日本ファンタジーノベル大賞最終候補。同作を改稿した長編が第8回メフィスト賞を受賞して、講談社から作家デビューを飾る。あんまりそういうイメージはないけど、れっきとした（？）メフィスト賞作家なんですね。小説の中身は、ハンブルク在住の日本人考古学者ケンが、失踪した恋人タニヤを捜して、ダブストンとかダブエストンとか呼ばれる謎の土地に赴くという……なんだろう？　すちゃらかファンタジー？　不条理ユーモア小説？

そもそもファンタジーノベル大賞の落選作でメフィスト賞を獲《と》るという掟《おきて》破りで作家歴をスタートさせたせいか、あるいは偏愛する作家にドナルド・バーセルミとジョン・スラデックを挙げる筋金入りのへんてこ小説愛好癖のせいか、その後も所属ジャンルが定まらないというか、何を書いてもグレ印という感じで、ミステリ、ファンタジー、SF、実験小説を股にかけて、いろんなタイプの作品を発表している。

たとえば、聖地エルサレムがとつぜん移動を開始する奇想ファンタジー『似非《えせ》エルサレム記』とか、趣味のフライ・フィッシングを生かしたほのぼのクライム・コメディ『ラストホープ』とか、標識や記号、タイポグラフィやパロディを縦横無尽に駆使した奇想小説集『実験小説 ぬ』『ぽんこつ喜劇』とか、人間の頭から生えて宿主の睡眠を蓄積するキノコ（乾燥させて吸引すると眠れる）をめぐる奇妙な経済ファンタジー『夜を買いましょう』とか、広告代理店時代の若き日々を描く自伝的青春小説『広告放浪記』とか、立川駅前のさえないバーに集うぼんくらたちが草野球チームを結成してトーナメント優勝を目指すスポーツ小説『やや野球ども』とか、その作風は千差万別。

その多彩なアサグレ作品群の中で、かろうじて本線と呼べるものがあるとしたら、幻想的なノワール『カニスの血を嗣《つ》ぐ』に始まる《五感》シリーズだろう。題名の「カニス」とは、ラテン語で犬のこと。嗅覚が極度に発達した隻眼の男・阿川《あがわ》は、まるで犬のような鼻を使って、バーで出会った謎の女を追う。この嗅覚編の次は、視覚を扱った『左眼《ひだりめ》を忘れた男』。主人公は後頭部を強打されて入院中だが、なぜか外の風景が見える。どうやら左眼が眼窩《がんか》を飛び出して、どこかを彷徨《さまよ》っているらしい。いったい何が起きたのか？　男は左眼の視覚だけを頼りに、真相に迫ってゆく。

この《五感》シリーズ第三作が、第56回日本推理作家協会賞を受賞した代表作『石の中の蜘蛛《くも》』。こちらは楽器の修理を生業《なりわい》とする男が主人公。車にはねられたことをきっかけに聴覚が異常に鋭くなり、その耳だけを頼りに、かつて自分の部屋に住んでいた女の足跡を追う。具体的に言うと、床や壁をスプーンでコツコツ叩《たた》いてまわって、その反響の微細な違いから、女の歩幅や身長や体重を導き出していくんですが、その偏執狂的な描写はまさに圧巻。ありえないことをありありと見せて（聴かせて?）くれる。

以後、触覚をテーマに電車内の痴漢行為をSFとして描く『針』、味覚によって少しずつ記憶をとりもどしてゆく『ポルトガルの四月』と続くんですが、このシリーズの主人公たちは、警察官ではないものの、その特殊な感覚をフルに使って、手がかりをたどり、女や真相や記憶を追い求める。つまり、浅暮三文は《五感》シリーズを通して、ずっと捜査小説を書いてきたとも言えるわけで、こうして警察小説にたどりついたのは、言わば必然だったのかもしれない。

もっとも、これまでの浅暮三文は、他人が敷いたレールには乗らない、エンターテインメントの文法には従わない、売れ線にはあえて背を向けるというのが特徴だった（ように見える）。なのに、警察小説に挑んだとたん、そのやんちゃぶりが豹変、スタンダードなパターンを律儀に守っているところが面白い。本庁のベテランと所轄署の若手でコンビを組むという王道の組み合わせもそのひとつ。しかも、地道な捜査の描写が驚くほど板についていて、まるで警察小説のベテランみたいじゃないですか。五十代の土橋が教師役となり、（「あさか」ではなく「あざか」と名前が濁るので）「ニゴリ」と渾《あだ》名《な》をつけた亜坂に、捜査のイロハを教え込む。

「いいか、ニゴリ。現場には必ずなにかあるんだ。現場とは池なんだ。池に石を投げたら必ず波が立つ。波が立っている間は石がどこに投げられたか分かる。しかし波がなくなると石の在処《ありか》は分からない。だからできるだけ早いうちに、どこに石が投げ込まれたかを見定めるんだ」

「すべての動きには作用と反作用があるんだ。今回の犯人の動きが作用だとしてみろ。作用に対する反作用が必ず池で起きている」

などなど。手書きでメモをとらせたり、犯人の合言葉「百匹の踊る猫は告げていた」に節をつけて唄えと強要したり。最初のうちは非合理にも見えた土橋の命令に、実は深い意味があることがしだいにわかってくる。それとともに、亜坂は少しずつ刑事であることに目覚めてゆく。

と、いかにも典型的な警察小説のようだが、そこは浅暮三文。ストーリー展開や人物配置はスタンダードでも、書きっぷりが違う。小説の語りは時系列を自由自在に飛び越え、事件捜査の描写と私生活の記憶（娘と過ごした時間や伯母《おば》との口論）のあいだをシームレスに行き来する。一瞬、眩暈《めまい》がするようなその感覚も、アサグレ警察小説の特徴かもしれない。定型的な警察小説スタイルと比べて〝塩が利いている〟ということか。警察小説を山ほど読んできた読者には、浅暮三文独特のこの〝味〟を楽しんでほしい。

ちなみに、本書はアサグレ警察小説サーガの第一弾らしく、このあとも第二弾、第三弾が待機している。二〇一六年二月には光文社文庫から、『セブン　秋葉原から消えた少女』が刊行予定。こちらは、同じ警察小説でも、〝「お散歩バイト」の女子高生は、なぜ殺されなければならなかったのか⁉　ハーフの女性刑事・如月《きさらぎ》ナナが、狡猾《こうかつ》な犯人を追う！〟という内容で、本書とはずいぶん趣が違いますね。それにつづいて新潮社から刊行予定の『動物捜査』は、警察庁鑑識課で警察犬のハンドラーを務める原友美《はらともみ》が、先輩にあたるひきこもりの天才動物学者・白川旗男《しらかわはたお》を捜査にかつぎだし、難事件を解決するという警察＋動物ミステリ。〝探偵ガリレオ〟ならぬ〝探偵ドリトル〟というところか。

ともあれ、警察小説作家・浅暮三文は本書でデビューを飾ったばかり。〝遅れてきた新人〟として、日本の警察小説を背負って立つ存在になるかどうか、今後の活躍に期待したい。もちろん、亜坂誠の次の捜査ファイルにも。

（おおもり・のぞみ　文芸評論家）

本書はフィクションです。実在の個人・団体とはいっさい関係がありません。

本書は、集英社文庫のために書き下ろされた作品です。

集英社文庫

百匹《ひゃっぴき》の踊《おど》る猫《ねこ》 刑事課《けいじか》・亜坂誠《あざかまこと》 事件《じけん》ファイル001

2015年12月25日 第1刷　　定価はカバーに表示してあります。

著　者　浅暮三文《あさぐれみつふみ》

発行者　村田登志江

発行所　株式会社 集英社
東京都千代田区一ツ橋2-5-10　〒101-8050
電話　【編集部】03-3230-6095
　　　【読者係】03-3230-6080
　　　【販売部】03-3230-6393(書店専用)

印　刷　図書印刷株式会社

製　本　図書印刷株式会社

フォーマットデザイン　アリヤマデザインストア　　マークデザイン　居山浩二

ISBN978-4-08-745400-0 C0193